Die Wunschblase

PEA JUNG (Jahrgang 1977) lebt mit ihrem Mann und vier Kindern in der Nähe von München. Neben der Arbeit als Sozialpädagogin schreibt sie Liebesgeschichten mit Happy End, wobei der Erotikfaktor von Geschichte zu Geschichte variiert. Mit ihrem Debütroman DIE FALSCHE HOSTESS gelang der Überraschungserfolg – das Buch entwickelte sich in kurzer Zeit zum Bestseller. Seither begeisterte jedes ihrer Bücher die stetig wachsende Leserschaft. Mittlerweile ist sie eine erfolgreiche Self-Publisher-Autorin.

PEA JUNG

Die Wunschblase

Bibliografische Information der Deutschen Nationalbibliothek:
Die Deutsche Nationalbibliothek verzeichnet diese Publikation in der
Deutschen Nationalbibliografie. Detaillierte bibliografische Daten sind
im Internet über http://dnb.dnb.de abrufbar.

2. Auflage 2015

Covergestaltung und Satz: Jürgen Müller, LayArt
Quellennachweis der Umschlagfotos:
© istockphoto.com/graphixel

Lektorat: Claudia Fenster-Waterloo

Herstellung und Verlag: BoD – Books on Demand, Norderstedt
ISBN: 978-3-7357-6115-6

Prolog

Hier, in meinem Zuhause, ist alles weiß: die Wände, die Möbel, die Kleidung. Alles. Wie in einer Art Bienenstock lebe ich hier mit meinen Mitbewohnern. Jeder hat seine eigene Wohnwabe und alles, was er zum Leben benötigt.

Ich bin ein weiblicher Dschinn. In Menschenjahren wäre ich wahrscheinlich ungefähr Ende 20, aber in Dschinnjahren bin ich wesentlich älter. Nein, genauer werde ich es nicht verraten. Wir Dschinns sehen aus wie ganz gewöhnliche Menschen. Uns gibt es in sämtlichen Farben und Formen, Größen und Gewichten. Wie die Menschen auch.

Wir sind modern und leben in einer beinahe sterilen Welt. Innerhalb unserer Wabe benötigen wir nichts zu essen, keinen Schlaf und wir müssen uns auch nicht duschen. Unsere Haare werden niemals fettig und wir schwitzen nicht. Mit anderen Worten: wir sind fast perfekt.

Aber wir sind keine Engel. Die arbeiten noch eine Etage über uns. Denn wir sind nicht unbedingt immer die Guten, zumindest nicht für jeden. Wir handeln nach eigenem Ermessen und sind lediglich unserem Oberdschinn Rechenschaft schuldig.

Manchmal mischt sich auch die obere Etage ein. Die Engel handeln jedoch nur nach direkter Aufforderung des alten Mannes, den man auch unter dem

Namen Gott kennt. Der ist übrigens gut mit unserem Oberdschinn befreundet. Wir sind mit den Engeln zwar bekannt, aber nicht unbedingt befreundet. Das ist ungefähr so, wie wenn man an einer Fachhochschule die BWLer mit den Sozialpädagogen in ein Gebäude steckt. Alle studieren, das war es dann aber schon mit den Gemeinsamkeiten.

Besitzen wir Dschinns Magie? Ja, und wie. Aber wir dürfen sie nur einsetzen zur Vorbereitung eines Auftrags, nicht um den Auftrag direkt auszuführen. Das klingt kompliziert? Ist es auch. Hauptsächlich verwenden wir unsere Magie, um unsere Tarnung aufzubauen und aufrechtzuerhalten.

Kapitel 1

Als ich meine Wohnwabe verlasse, treffe ich auf dem Flur meine Nachbarin Claudia. Sie ist dunkelhäutig und trägt ihre Haare geflochten. Ihre weite Leinenhose und das ärmellose Top sind nahezu identisch mit meinem Outfit. Ich habe mein langes, brünettes Haar zu einem Dutt gebunden, da der Oberdschinn es nicht so gerne sieht, wenn wir Haare verlieren. Ja, wir tragen keine Gewänder mehr wie aus 1001 Nacht und schauen auch nicht aus wie die lustige Barbara Eden. So sind wir nicht oder jedenfalls nicht mehr.

»Hey Carolyn, bereit für einen neuen Wunsch?«, fragt Claudia.

Das ist nämlich unsere Arbeit: Wir sammeln Wünsche. Sobald ein Mensch einen besonderen Herzenswunsch äußert, schwebt er bei uns mit der täglichen Post ein. Und zwar in der perfekten Form: rund.

»Ja. Und du?«

»Ich glaube, ich gehe heute noch einmal in die Beratung«, antwortet Claudia. »Die Sache mit der Bergtour habe ich immer noch nicht ganz abgeschlossen.«

Claudia musste einem Bergsteiger helfen, seinen Traum zu erfüllen und den Kilimandscharo zu bezwingen. Sie hat es geschafft und der Mann auch, aber sie war fix und fertig trotz der Magie, die sie immer wieder angewendet hatte. Ich klopfe ihr auf die Schulter, bevor sie in den Gang abzweigt, der zu dem Supervisions-Raum führt.

Dann gehe ich über die Treppe in die Halle. Natürlich bin ich, wie immer in unserem Bienenstock, barfuß. In der Halle sind ganz oben unter der Decke einige offene Fenster und dort schweben die Wunschblasen herein. Wie sichtbar gewordene, dickflüssige Seifenblasen glänzen sie in allen Farben des Regenbogens. Die meisten Blasen sind so groß wie ein Tennisball und ihre Haut ist dick und widerstandsfähig. Sie zerplatzt erst, wenn der Wunsch erfüllt ist oder wir zumindest versucht haben, ihn zu erfüllen. Ein Traum zerplatzt manchmal ja auch, ohne dass er in Erfüllung gegangen ist.

In der Mitte des Raumes werden alle Blasen in einer Art durchsichtigem Ballon gebündelt. Immer wenn ein Dschinn einen Wunsch anfordert, wird ein Wunsch durch einen Trichter wieder in den Raum abgegeben. Und das werde ich jetzt tun. Ich setze mich an einen kleinen weißen quadratischen Tisch und drücke auf einen der weißen Knöpfe, die sich daran befinden. In der Halle herrscht auch heute Ruhe. Es ist wie in einer Bibliothek. Wir wollen konzentriertes Arbeiten ermöglichen und gleichzeitig den Herzenswünschen unseren Respekt erweisen, indem wir sie nicht mit Geräuschen übertönen.

Sofort fährt ein Bildschirm aus dem Schreibtisch hoch. Routiniert entnehme ich die Ohrstöpsel aus einer Mulde im Schreibtisch. Auf dem Bildschirm blinken die Worte *Wunsch anfordern*. Ich berühre sie und blicke nach oben. Der Trichter gibt eine Blase frei und sie schwebt ganz langsam zu meinem Platz.

Die Blase gefällt mir. Sie ist nicht zu groß und nicht zu klein und ihre bläuliche Farbe fesselt meine Aufmerksamkeit sofort.

Neben meiner Blase schweben noch andere durch die Halle und jede weiß instinktiv, von welchem Platz aus sie gerufen wurde. Indem ich mit meinem Finger den Bildschirm berührt habe, habe ich mich unabänderlich mit der Wunschblase verbunden. Der Oberdschinn sagt immer, der Wunsch sucht sich einen Dschinn aus, nicht umgekehrt.

Vorsichtig streichle ich über die Blase. Das gehört nicht zu unserer Aufgabe, aber ich mache das gern. Mir ist aufgefallen, dass sie sich unterschiedlich anfühlen und diese hier ist unglaublich zart.

Dann lasse ich die Blase in das dafür vorgesehene Fach schweben und konzentriere mich, als sie ihren Wunsch freigibt. Auf dem Bildschirm kann ich Daten und Bilder abrufen, während mir über den Kopfhörer die dazugehörigen Geräusche übermittelt werden.

Da ist ein kleiner Junge zu sehen. Ich lächle, weil ich gerne die Herzenswünsche von Kindern bearbeite. Dann höre ich die Stimme des Jungen: »Ich wünsche mir so sehr, dass mein Papa wieder glücklich ist und meine Mama mir eine neue Mama vorbeischickt.«

Moment, das sind zwei Wünsche! Wieso wurde das so angenommen? Da sehe ich die Antwort auf dem Bildschirm: Ein Verkehrsunfall, eine Beerdigung, ein trauriger Mann und ein trauriges Kind. Die Wünsche hängen zusammen: Wenn dieser Junge eine neue Mama bekommt, dann wird der Papa wieder glücklicher sein.

Ich sehe mir noch einige Bildsequenzen aus dem Leben dieses kleinen Jungen an. Er geht bereits zur Schule, macht dort aber häufig in die Hose und wird von seinen Klassenkameraden dafür ausgelacht und gehänselt. Der Vater ist überfordert und schimpft ihn. Der Junge geht in die Mittagsbetreuung und kommt erst am späten Nachmittag nach Hause.

Ich sehe eine deutsche Stadt: Frankfurt. Ein Hochhaus, eine Stadtwohnung, einen Vater, der als Notar tätig ist. Den Vater beachte ich nicht richtig, sondern konzentriere mich auf den Jungen, der Ben heißt und viele lustige Sommersprossen auf der Nase hat. Auf früheren Bildern war er fröhlich und grinste verschmitzt. Außer ihm und seinem verbitterten, trauernden Vater sehe ich eine ernste und strenge Haushälterin.

Puh, das ist ein mit Emotionen behafteter Herzenswunsch! Aber sind sie das nicht alle? Ich reibe mir kurz die Augen, als ich plötzlich die Stimme unseres Oberdschinns in meinem Kopf höre: »Carolyn, bist du so weit?« Da schaue ich nach oben, zur Galerie, von wo aus er mich betrachtet, nicke und schicke ein stummes *Ja* zu ihm hinauf.

Schnell drücke ich den Startknopf und sofort stehe ich mitten in Frankfurt an einer belebten Verkehrsstraße. Meine Haare sind immer noch streng zusammengebunden und ich trage einen beigefarbenen Mantel und halbhohe Schuhe. In der Hand halte ich einen aufgespannten Regenschirm, auf den ein kalter Wind Schneeregen peitscht. Frankfurt im November, da habe ich ja wieder die richtige Blase gezogen!

Es ist Mittagszeit und da sehe ich Bens Vater, der mit einem Mann zusammen auf der anderen Straßenseite ein Restaurant betritt. Ich zwinkere mich in die Damentoilette des Restaurants und verlasse sie sofort. Auf meiner Nase parkt inzwischen eine hässliche Brille. Die benütze ich gerne, wenn ich hier unten unterwegs bin. Die Brille lenkt von meinem Gesicht ab und falls irgendjemand mich beschreiben sollte, könnte er sich wahrscheinlich hauptsächlich an die Brille erinnern.

Im Restaurant suche ich mir einen Tisch, von dem aus ich die beiden Männer beobachten kann. In Hörweite muss ich mich glücklicherweise nicht setzen. Denn ich kann auch so alles hören, was ich will. Die beiden unterhalten sich über berufliche Dinge. Das interessiert mich nicht die Bohne, ehrlich gesagt.

Dann fragt der blonde Mann mit Brille seinen Kollegen: »Wie geht es Ben?«

Meine unsichtbaren Ohren schwellen augenblicklich auf die Größe von Elefantenohren an. Bens Vater antwortet. »Ach, Ben. Ich weiß langsam nicht mehr, was ich machen soll.« Das klingt verzweifelt.

Mit zusammengekniffenen Augen sehe ich mir Bens Vater zum ersten Mal genauer an. Seine schwarzen Haare sind stufig geschnitten, eigentlich ganz schön frech für einen Notar. Bevor die Trauer sein Gesicht betäubt hat, war er bestimmt ein gut aussehender Mann.

Der blonde Mann sagt: »Du solltest dir eine Auszeit nehmen, Frank.«

»Nein, ich muss arbeiten, sonst werde ich noch verrückt.«

Frank ist wirklich ein passender Name für ihn. Ich blinzele und rufe mir die Daten ab: *Frank Bach, geb. am 04.02.1979, Witwer von Carmen Bach, geb. Meyer, ein gemeinsamer Sohn Ben, 6 Jahre alt. Frank Bach ist Notar und berechtigt, einen Doktortitel zu führen.* Der Mann bei ihm am Tisch ist Daniel Schwarz, 43 Jahre alt, ebenfalls Notar und Franks Kollege im Notariat.

Weil ich gerade dabei bin, schaue ich mir im inneren Schnelldurchlauf die Frau von Frank noch einmal genauer an und ebenso all seine Freundinnen, die er vorher hatte. Ich kann kein eindeutig bevorzugtes Frauenbild feststellen, außer, dass bei allen Frauen, die Augen zu ganz kleinen Schlitzen wurden, wenn sie lachten.

So, jetzt wird es aber Zeit, aktiv zu werden. Daniel Schwarz geht gerade auf die Toilette und ich halte mich bereit. Eine junge Bedienung, die mir vorhin schon aufgefallen ist, geht mit einem Tablett und einem Glas Wasser an Frank vorbei. Ich zwinkere und das Glas kippt um. Es ergießt sich über Frank. Er springt sofort auf. »Passen Sie doch auf!«

Er scheint es nicht fassen zu können, dass er klitschnass ist. Die Frau will sich entschuldigen, aber Frank ist sehr aufgebracht und wehrt sich gegen die Versuche der Frau, ihn zu berühren. Oh, das wird wirklich schwierig!

Schnell zwinkere ich wieder mit den Augen und die Bedienung geht mit dem Tablett und dem Glas an ihm vorbei, ohne dass etwas passiert. Er ist nicht in der Stimmung, auf diese Art eine Frau kennenzulernen. Will er überhaupt eine Frau kennenlernen?

Mithilfe meiner Magie suche ich gedanklich nach seinen Arbeitskolleginnen. Jeder Notar hat doch bestimmt ein paar weibliche Angestellte. Tatsächlich, da gibt es eine, die ihm eindeutig schöne Augen macht, und die Chemie zwischen den beiden scheint auch zu stimmen.

Da beschließe ich, das Lokal wieder zu verlassen. Kurz bevor ich an Franks Tisch vorbeikomme, fällt seine Serviette auf den Boden und reflexartig greife ich danach. Frank hat sich aber ebenfalls danach gestreckt und seine Hand berührt meine.

»Oh«, rufen wir beide gleichzeitig und seine traurigen Augen sind mir so nah, dass ich schlucken muss.

Er zieht sofort seine angenehm warme Hand zurück und ich fasse nach der Serviette, um sie ihm zu reichen. Als er danach greift, berühren sich unsere Finger schon wieder und diesmal ziehe ich meine Hand erschrocken zurück. Seine Augen vibrieren kurz, als ob er über meine scheue Reaktion erstaunt wäre.

Ich verlasse sofort das Lokal. Was war das denn? Es ist mir noch nie passiert, dass ein Angehöriger eines Wünschenden bei der ersten Observierung derart auf mich aufmerksam geworden ist. Ich fürchte, ich kann jetzt nicht einfach so in das Notariat marschieren, da er mich höchstwahrscheinlich wiedererkennen würde. Es ist besser, die unsichtbare Variante zu wählen.

Deshalb stelle ich mich hinter die Mitarbeiterin, die ich auserwählt habe, und warte darauf, dass Frank vom Mittagessen zurückkommt. In dem Moment, als er zusammen mit Daniel das Büro betritt, impfe ich der Mitarbeiterin meine Gedanken ein. Sie geht in die Teeküche und glaubt, dass die Tasse heißer Kaffee und das süße Teilchen, das dort auf einem Tablett wartet, von ihr hergerichtet wurden und zwar für ihren Chef Frank. Mit dem Tablett in der Hand geht sie in sein Büro, wo er hinter seinem Schreibtisch sitzt und ich darauf. Gut, dass mich niemand sehen und hören kann, jedenfalls nicht bewusst!

»Sibylle?«, fragt Frank, als die Frau eintritt.

»Frank, ich dachte, ich tue dir etwas Gutes, wenn ich dir einen Nachtisch vorbeibringe.«

Und in dem Moment, als Frank die süße Nussschnecke sieht, weiß ich, er hasst so süßes Zeug. Deshalb entscheide ich mich zu einem spontanen Zauber.

Die Mitarbeiterin zieht ein Glas voller Salzstangen hinter ihrem Rücken hervor und lächelt ihn schelmisch an: »Oder magst du lieber etwas Salziges zum Knabbern?«

Frank zieht die Augenbrauen hoch und ist baff. Diesmal habe ich einen Volltreffer gelandet. Er mag Salzstangen. In diesem Augenblick fällt ein gerahmtes Foto, das eben noch ruhig auf seinem Schreibtisch gestanden hat, um. Frank zuckt zusammen, seine Mitarbeiterin stellt das Tablett ab und verlässt eilig den Raum. Mit wehmütigem Blick nimmt Frank das Bild und betrachtet es. Ich scanne es von hinten und erkenne, es ist das Bild einer glücklichen Familie.

Danach blinzele ich mich in die Grundschule zu Ben und betrachte den blassen, schmächtigen Jungen mit dem dunkelblonden Haar, das einen neuen Schnitt vertragen könnte. Ein Blick auf seine Hose macht mir klar, dass er wohl wieder nicht aufs Klo gegangen ist. Ben scheint gerade in einer Art Hausaufgabenbetreuung zu sein, aber es geht drunter und drüber. Die beiden Sozialpädagoginnen, die das Ganze organisieren, sind schon völlig fertig. Das ist der Nachteil einer freiwilligen Mittagsbetreuung. Meist sind dort genau die Kinder, die eh schon ein paar Probleme haben.

Ich blinzele zweimal und Bens Hose ist trocken. Er scheint dies gar nicht zu bemerken. Gut so. Neben seinem Platz gehe ich in die Hocke, lege meine Arme auf den Tisch und stütze mein Kinn darauf. Er kann mich zwar nicht bewusst wahrnehmen, aber ich sage ihm trotzdem ein paar Dinge: »Hallo Ben, ich bin Carolyn. Du hast mich gerufen und hier bin ich. Du bist jetzt mein Meister und ich versuche, dir bei der Erfüllung deines Wunsches behilflich zu sein. Ich verspreche dir, ich gebe alles, damit es dir und deinem Papa wieder besser geht.«

Jetzt fällt mein Blick auf die Aufgabe, die er erledigen will. Mit Hilfe einer Anlauttabelle soll er ein Wort schreiben. *Pirat* hat er bereits geschrieben: »Prt«. Ich sage: »Also ich höre in *Pirat* auch noch ein *i* und ein *a*.«

Als hätte er das gehört, greift Ben nach seinem Radierer und bessert die richtigen Stellen in dem Wort aus. Der Junge hat eine überaus sensible Wahrnehmung. Ich muss gut aufpassen, was ich seinem Unterbewusstsein so alles zuflüstere.

Plötzlich sehe ich, dass seine Hose wieder nass ist und ein größerer Junge schreit: »Hey, der Benni flenni hat sich wieder in die Hosen gemacht.«

Die meisten Kinder reagieren mit lautem Lachen und deuten auf Ben, der so tut, als ob er davon nichts mitbekäme. Die Sozialarbeiterinnen mahnen zur Ruhe, können sich aber nicht durchsetzen.

Da fasse ich einen Entschluss. Keine Ahnung, ob der Oberdschinn das gut findet, aber ich tue es. Gedanklich übe ich auf so ziemlich jede Blase in diesem Raum einen gehörigen Druck aus und presse sie aus. Die Blasen von Ben und den Sozialarbeiterinnen lasse ich mal außen vor. Im Nu haben sich alle Kinder vom Erst- bis zum Viertklässler in die Hosen gemacht. Ein zufriedenes Grinsen schleicht sich auf mein Gesicht.

Was dann folgt, ist natürlich ein Ausnahmezustand. Alle Eltern werden vom Rektorat aus angerufen und einbestellt. Frank trifft auch ein und ich zwinkere Bens Hose trocken, während ich mich hinter dem Rektor aufbaue, um das Gespräch zu belauschen.

»Herr Bach, heute kann ich Sie gar nicht einmal im Einzelnen darauf hinweisen, dass Ihr Sohn eingenässt hat, da die ganze Nachmittagsgruppe in die Hose gemacht hat. Also so etwas hatte ich in meiner ganzen Laufbahn als Lehrer noch nicht, das können Sie mir glauben.« Der Rektor lächelt nervös. Da flüstere ich ihm etwas ins Ohr und er fragt: »Können Sie denn niemanden einstellen, der sich am Nachmittag zuhause um den Jungen kümmert?«

Frank, der sich leicht lächelnd die Pissgeschichte des Rektors angehört hat, schüttelt den Kopf: »Die Haushälterin habe ich schon gefragt. Sie fühlt sich überfordert, auf Ben aufzupassen.«

Wieder flüstere ich dem Rektor etwas ins Ohr und er greift in seine Schublade, um eine Visitenkarte hervorzuholen, die dort eben noch nicht gelegen hat. »Ich kenne einen Verein, der ehrenamtlich in besonderen Lebenssituationen einspringt. Die nennen sich *Die Wabe*. Darf ich Ihnen eine Visitenkarte mitgeben?«

Frank greift danach und ich springe um den Schreibtisch herum, um das Ergebnis meiner spontanen Aktion mit eigenen Augen zu sehen. Denn ich habe tatsächlich ein Wabenlogo entstehen lassen und einige Bienen schwirren auf der Karte auch herum. Der Spruch ist vielleicht etwas kitschig: *Die fleißigen Bienchen sind stets zur Stelle.* Während ich kichere, steckt Frank – noch nicht ganz überzeugt – die Karte in seine Sakkotasche.

Dann blinzele ich mich in seine Wohnung und mache der Haushälterin das Leben schwer. Sämtliche elektrischen Geräte fallen aus, Geschirr zerbirst, der Abfluss verstopft. Fast tut mir die ältere Frau leid, aber wir Dschinns sind nicht immer die Guten.

Als Frank mit Ben zuhause eintrifft, verlässt die Frau die Wohnung und verkündet, dass sie nicht mehr kommen kann. Frank ist echt verzweifelt und ich lasse die Visitenkarte aus der Jacke fallen, als er diese an der Garderobe aufhängt. Bevor er die Nummer wählt, verlasse ich die Wohnung.

Mein Telefon klingelt. »Die Wabe. Sie sprechen mit Carolyn.«

»Guten Abend, ich habe Ihre Telefonnummer von Herrn Schmidt, dem Rektor der Grundschule am Stadtpark.«

»Ah, ja. Was kann ich für Sie tun?«

Und was Frank antwortet, gibt mir das Gefühl, dass ein wichtiger Schritt in die richtige Richtung gemacht ist. »Ich brauche Hilfe.«

Als ich in meine Wabe zurückkomme, habe ich für den nächsten Vormittag eine Verabredung mit Frank in der Tasche. Er wollte mir am Telefon nichts Näheres erzählen, hat sich aber den nächsten Vormittag freigenommen, damit ich ihn in der Wohnung aufsuchen kann. In meiner kleinen Wabe wartet bereits die Wunschblase auf mich, die so lange in meiner Wohnung bleiben wird, bis ich meinen Auftrag erledigt habe.

Meine Tür gleitet zur Seite und der Oberdschinn betritt mein kleines Reich.

»Dschinn«, sage ich ehrfürchtig und verbeuge mich knapp.

Er hebt seinen Arm als Zeichen, dass ich mich rühren darf. Unser Oberdschinn ist der Urdschinn und keiner weiß genau, wie alt er ist. Er sieht aus, wie ein asiatischer Mann und hat einen langen, langen, langen weißen Bart. Er trägt eine Art weißes Kleid mit langen ausgestellten Ärmeln und auf dem Kopf sitzt so ein komischer Hut, den ich sehr witzig finde, weshalb ich immer kichern muss, wenn ich ihn sehe. Natürlich kichere ich erst, wenn er mir seinen Rücken zukehrt. Seine Haare hat er hinten am Kopf zu einem langen Zopf gebunden und ich frage mich, was wohl länger ist: sein Bart oder der Zopf.

»Carolyn!«, sagt er streng. Ups. Schon wieder habe

ich vergessen, dass er gerne in den Köpfen seiner kleinen Dschinnis herumspioniert. Er geht zu dem Gefäß, in dem meine Wunschblase wartet. »Das ist eine ganz besondere Blase, nicht wahr, Carolyn?«, sagt er und fährt sich mit den Fingern über seinen Schnurrbart.

»Ja, aber sind sie das nicht alle?«, entgegne ich.

»Vielleicht erfordert eine besondere Blase auch besondere Maßnahmen.«

Spielt er auf die Sache mit den nassen Hosen an? Er lächelt. Aha, er hat mich also beobachtet. Wieso beobachtet er immer meine Aktionen? Es gibt hier doch noch viele andere Mitarbeiter. Er lächelt immer noch entspannt und streichelt seinen Bart. »Deine Aufträge sind meist die unterhaltsamsten.«

»Ich finde es nicht sehr unterhaltsam, wenn ein Junge seine Mutter verliert.«

»Oh, natürlich, ich korrigiere mich. Deine Arbeitsweise ist besonders unterhaltsam. Sogar mein lieber Freund von oben schaut ab und zu bei dir vorbei.« Oh Gott! Ja genau, den meint er. »Denk daran, die Blase sucht sich den Dschinn aus, also konzentriere dich auf den Wunsch und nur auf den Wunsch!«

»Das tue ich doch immer.«

Er lächelt, als ob er mir noch einiges sagen wollte. Dennoch geht er wortlos aus meiner Wabe und lässt mich mit meiner Blase alleine.

Kapitel 2

Am nächsten Vormittag stehe ich vor dem Wohnblock, in dem Frank mit Ben wohnt. Mein biederes, aber nicht zu abschreckendes Outfit spricht für sich. Ein Dutt bändigt meine Haare und auf der Nase kneift die hässliche Brille. Ohne Schminke und in einem viel zu weiten Kostüm gehe ich die Treppen hinauf wie ein normaler Mensch.

Frank öffnet mir die Wohnungstüre und ich hoffe inständig, dass er mich nicht erkennt. Aber er sagt sofort: »Ach, Sie sind das? Wir haben uns doch gestern Mittag schon einmal getroffen.«

»Ja, so ein Zufall!« Ich lächle verkrampft. Aber er lässt es dabei bewenden.

Ich finde, dass er in Jeans und kariertem Hemd viel entspannter aussieht als gestern in seinem Anzug. Wir sitzen an einem Tisch im gemütlichen Wohnzimmer. Ich halte mich an meiner Kaffeetasse fest und lasse ihn erzählen. Er ist sehr ehrlich zu mir und berichtet von dem Unfall seiner Frau vor fast einem Jahr und wie es seitdem mit ihm und dem Jungen läuft. Seine aufgesetzte Beherrschung bewundere ich zwar, aber seine Fassade bröckelt an einigen Stellen. Dann trinkt er schnell einen Schluck aus seiner Tasse, bis seine Stimme sich wieder gefestigt hat.

Da ich seine Geschichte ja bereits kenne, geht sie mir vielleicht nicht mehr ganz so nahe und mein Mitleid hält sich in Grenzen. Schließlich weiß ich ja ganz genau, wie es mit dem Leben nach dem Tod aussieht, und seiner Frau geht es in diesem Moment wahrscheinlich prima. Außerdem bin ich ja da, um zu helfen, nicht um durch Mitleid aufzufallen.

»Sie haben bei uns angerufen, weil Sie sich Hilfe wünschen. Können Sie mir genauer erklären, welche Unterstützung Sie sich erhoffen?«

Irritiert betrachtet er mich, wegen meines ganz normalen Tonfalles. Wie es scheint, hat er mit so einer Reaktion nicht gerechnet, nachdem er mir sein persönliches Innerstes offenbart hat. Gleichzeitig scheint ihm meine sachliche Frage zu helfen. Er räuspert sich und sagt: »Mein Sohn braucht eine Frau in seinem Leben, die sich um ihn kümmert. Die für ihn kocht, einfach für ihn da ist. Jemanden, der mit ihm lacht.« Verständnisvoll nicke ich und er fährt fort: »Haben Sie denn jemanden, der für eine Weile bei uns wohnen könnte, bis wir unser Leben wieder einigermaßen im Griff haben?«

Bei ihm wohnen? »Um ehrlich zu sein, Sie hatten gestern sofort mich am Apparat, weil ich gerade Zeit habe.«

Jetzt habe ich zum ersten Mal den Eindruck, dass er mich genauer mustert. »Können Sie sich um einen sechsjährigen Jungen kümmern? Äh, ich meine, Sie sehen noch so jung aus.«

»Ich bin älter, als Sie denken.« Wenn der wüsste! Und ohne Übertreibung füge ich hinzu: »Ich werde Sie überraschen. Denn ich erledige alle Arbeiten mit einem Augenzwinkern.«

»Müssen wir einen Arbeitsvertrag abschließen?«, fragt er nun, ganz der Notar. Mit der Hoffnung darauf, dass er mir glauben wird, antworte ich. »Nein. Meine Kollegen und ich arbeiten ehrenamtlich. Lediglich meine Kost und Logis bei Ihnen wird auf Ihren Geldbeutel drücken.«

»Von welchen Einkünften leben Sie dann eigentlich?« Kaum überhörbar schwingt sein Misstrauen in seiner Stimme mit. »Glücklicherweise habe ich mir in meinem ganzen Leben noch nie um Geld Gedanken machen müssen. Ich komme aus einer sehr alten, wohlhabenden, um nicht zu sagen magischen Familie und Geld interessiert mich nicht.«

Sprachlos sieht er mich an und ich fürchte fast, er wird mich als Spinnerin abtun. »Also schön. Wir werden es versuchen. Ich werde Ben von der Mittagsbetreuung in der Schule abmelden und wir werden sehen, wie es läuft.«

»Danke!«

Er wundert sich, dass ich mich so freue, weil er ja eigentlich etwas von mir will.

Als ich gegangen bin und wir uns für den Abend wieder in der Wohnung verabredet haben, kehre ich unsichtbar zurück in seine Wohnung und hauche ihm einige Sätze ins Ohr: »Du brauchst nicht weiter nachzuhaken. Alles ist in Ordnung. Der Rektor hat sie empfohlen. Das ist eine seriöse Organisation.«

Weil sein Widerstand größer als erwartet ist, rede ich eine ganze Weile auf ihn ein. Mit ruhigen Bewegungen räumt er während dieser Zeit die Tassen in die

Geschirrspülmaschine ein und bringt die Wohnung in Ordnung. In Bens Zimmer sieht es schrecklich aus. Der Junge hat vollgemachte Unterhosen unter seine kleine Kindercouch gestopft und teilweise sogar zurück in den Kleiderschrank. Überall verteilt auf dem Boden liegt Spielzeug zusammen mit Stiften, Papier, Anziehsachen und Müll. Laut seufzend betrachtet Frank das Chaos und ich weiß schon, womit ich die Vater-Sohn-Beziehung entlasten kann, wenn ich heute Abend hier einziehe.

In meiner Wabe rede ich mit meiner Nachbarin Claudia über den Auftrag. Sie fragt mich: »Warst du in letzter Zeit schon einmal länger unten bei den Menschen?«

»Nein, ich hatte Glück. Immer nur so Ein- bis Zweitagesangelegenheiten.«

»Du Glückliche. Denke daran, dass du von Anfang an einen geregelten Tag-Nacht-Rhythmus einhältst, sonst fällst du irgendwann um. Iss etwas, trinke etwas und dusche dich ab und zu oder zwinkere die vergleichbaren Dinge in dich hinein. Glaub mir, je länger du durchgehend da unten bist, umso mehr mutierst du zum Menschen. Bei dieser verfluchten Bergtour musste ich sogar auf die Toilette – ein großes Geschäft erledigen.«

Mit Entsetzen fällt mir wieder ein, wie viele Supervisionsstunden sie brauchte, um das Erlebte aufzuarbeiten. »Nein!«, hauche ich entsetzt.

»Doch! Und dieses ewige Schwitzen und der Gestank. Ich dachte, ich muss eingehen. Und dieses unaufhaltsame Altern am Stück. Ich schwöre dir, ich habe einen Haufen neue Falten bekommen«, fügt sie hinzu.

Ich lächle, obwohl mir bewusst wird, dass hier ein überaus anstrengender Auftrag vor mir liegt, der sich eventuell über Monate hinziehen wird. Claudia sieht mir tief in die Augen und fordert: »Nimm dir genügend Auszeiten. Es wird ja wohl möglich sein, dass du manchmal kurz hier hochkommen kannst. Ich konnte das leider nie bei meiner Bergtour, weil das sofort aufgefallen wäre.«

Noch am selben Nachmittag sehe ich mir über meinen Bildschirm Bens Nachmittag an. Sein Vater hat ihn mittags von der Schule abgeholt und ihm bereits von mir erzählt. Ben wollte wissen: »Ist sie nett?« Frank ist sich nervös durchs Haar gefahren und hat geantwortet: »Sie ist ein bisschen altbacken. Sie hat so eine Frisur und eine Brille wie deine Oma. Aber ich glaube, sie ist ganz nett.«

Na toll! Aber ich bin froh, dass er mich so sieht, denn ich will ihn auf keinen Fall davon abhalten, eine nette Frau kennenzulernen.

Pünktlich um 17 Uhr stehe ich mit zwei riesigen Koffern vor der Wohnung und drücke auf die Klingel. Vielleicht habe ich es auf die Spitze getrieben, aber ich trage ein himmelblau kariertes Kostüm, das tatsächlich jeder Oma besser stehen würde als mir. Überflüssigerweise habe ich ein Haarnetz über meinen Dutt gezogen, was mich noch altbackener macht. Kinder sind zwar meist eher unvoreingenommen. Aber als Ben die Tür öffnet, muss er sich ein Kichern verbeißen, weil ich so seltsam aussehe.

»Bist du Ben?«, frage ich.

Sein Blick wird plötzlich nachdenklich und er fragt: »Weißt du, wie man *Pirat* schreibt?«

Ich werde blass. Kennt er etwa meine Stimme?

Da erscheint Frank und hält die Wohnungstüre auf. »Ben, lass doch unseren Gast herein. Guten Abend, Carolyn.«

»Guten Abend«, sage ich etwas steif und Frank hilft mir mit den zwei riesigen Koffern. Er hat ganz schön zu tun, die schweren Teile ins Gästezimmer zu hieven.

»Uff, haben Sie Steine geladen?«

»Ja«, sage ich und Frank lächelt, als hätte ich einen Scherz gemacht, dabei stimmt das. Ich habe Steine in die Koffer gezaubert, damit es so aussieht, als ob ich hier mit Sack und Pack ankomme.

Ben fragt mich: »Sind Sie Fräulein Rottenmaier?«

Ich verstehe nicht.

Doch Frank antwortet sofort amüsiert: »Nein Ben, das ist Carolyn.«

Sofort durchforste ich gedanklich sämtliche Archive und stoße auf Fräulein Rottenmaier. Das ist ja wirklich zum Lachen.

Dann frage ich Ben, indem ich mich zu ihm hinunterbeuge: »Willst du mir dein Zimmer zeigen?«

Ben nimmt mich mit in sein Kinderzimmer, in dem es etwas besser aussieht als gestern, zumindest was die umherliegende Wäsche angeht.

»Wow, du hast ja wirklich ein großes Zimmer! Aber

dein Verhau ist fast noch größer.«

Als ich die Türe schließe, ruft Frank: »Ich richte so langsam das Abendessen her.«

Es freut mich, dass er sich zurückzieht und mich mit Ben alleine lässt. Ich setze mich auf den Boden. »Also Ben, ich würde sagen, dass wir beide jetzt dein Zimmer verzaubern. Was hältst du davon?«

Sofort habe ich seine vollkommene Aufmerksamkeit. »Kannst du zaubern?«

»Nicht so richtig«, lüge ich. »Es ist mehr eine Art Spiel. Aber es sieht aus, als ob ich zaubere. Setz dich mal hier auf den Boden.« Ben setzt sich gegenüber von mir und ich erkläre: »Also, heute bin ich der Zauberer und beim nächsten Mal bist du an der Reihe. In Ordnung? Das Wichtige beim Zaubern ist, dass du die Augen nicht öffnest. Du darfst auch nicht schummeln, sonst funktioniert es nicht.«

Ben sieht mich verwundert an.

»Du siehst dich jetzt ganz gut in deinem Zimmer um und dann schließt du deine Augen. Du nennst mir ein Spielzeug nach dem anderen und sagst mir, wo es hinkommt. Dann zaubere ich es an die richtige Stelle.«

Ben schaut sich aufmerksam das ganze Durcheinander an.

»Fertig?«, frage ich, als er mich wieder ansieht. Er nickt. »Augen zu!«, rufe ich.

Mit geschlossenen Augen sagt er: »Äh, Playmobil in die Playmobilkiste.«

Meine Hände rascheln ein wenig zwischen den Spielsachen auf dem Boden herum und ich zwinkere.

Das ganze Playmobilkleinzeug ist in einer großen Kiste verschwunden. Ich warte einen Moment ab und hauche dann: »Augen auf.«

Ben sieht sich um und strahlt, als er feststellt, dass das Playmobilspielzeug aufgeräumt ist.

Und so machen wir weiter mit den Legosteinen und den Matchbox-Autos, bis nur noch Papierfetzen herumliegen.

»Willst du auch einmal zaubern?«, frage ich Ben, der sofort begeistert nickt.

Da schließe ich die Augen und rufe: »Papier in den Papierkorb.«

Als ich vorsichtig aus meinen geschlossenen Augen schiele, sehe ich, dass Ben ganz eifrig durch sein Zimmer saust und Papier und Schnipsel aufsammelt, um sie in seinen Papierkorb zu werfen.

Genau in diesem Moment betritt Frank das Zimmer und traut seinen Augen nicht. »Wie haben Sie das denn geschafft? Ich rede jetzt schon länger an ihn hin, als mir lieb ist.«

»Wir haben gezaubert!«, schreit Ben begeistert und Frank zieht zweifelnd seine Augenbrauen in die Höhe. Die Begeisterung seines Sohnes scheint aber auch ihm zu gefallen.

Kurze Zeit später sitze ich vor einer Scheibe Salamibrot und hadere mit mir. Ich muss jetzt tatsächlich etwas essen! Erschreckt denke ich an die Konsequenzen. Meine Verdauung wird in Gang kommen und wer weiß was für Geräusche und Gerüche produzieren. Ganz zu schweigen von der Masse, die anschließend meinen

Darm verlässt! Aber als ich in das Brot beiße, überwältigt mich eine geschmackliche Explosion, sodass ich genüsslich kauend die Augen schließe. »Mmh!«

Ich schmecke derart viele verschiedene Dinge auf einmal, dass ich lange Zeit so weiterschwelge. Als ich endlich die Augen wieder öffne, sehen mich Frank und Ben fasziniert an. Ich lächle verlegen und sage leichthin: »Das schmeckt echt lecker.«

Ben lacht und Frank lässt verwirrt seinen Blick durch den Raum kreisen, bevor er sich seinem Brot widmet. Meine Begeisterung beim Essen ist kaum zu kontrollieren. Sogar das Wasser aus der Leitung schmeckt göttlich und ich muss mich sehr zurückhalten, um nicht als völlig irre abgestempelt zu werde.

Ben kichert gut gelaunt und ich glaube, deswegen sieht Frank darüber hinweg. Er geht wohl davon aus, dass ich mich zur allgemeinen Unterhaltung so merkwürdig verhalte.

Nach dem Abendessen räume ich die Küche auf, während Frank seinem Sohn eine Geschichte vorliest. Dabei liest Ben bereits die ersten Wörter selbst.

Während ich ein wenig mit dem Geschirr klappere, habe ich im Nu die ganze Küche auf Hochglanz gezwinkert. Zufrieden begutachte ich mein Werk. Ach, ich bin die perfekte Hausfrau!

Das Geräusch eines eingeschalteten Fernsehers lockt mich ins Wohnzimmer. Ich lasse mich neben Ben auf der Couch nieder und beobachte amüsiert, was die Zeichentrickfiguren so alles machen. Ich kann gar nicht mehr aufhören zu lachen über die kleinen Scherze. Fast glaube ich, dass ich mehr Spaß an dem Film habe als Ben.

Frank, der mein ständiges Gekicher hört, gesellt sich schließlich zu uns. Dann ist es Zeit für Ben, ins Bett zu gehen, und ich ziehe mich in mein Zimmer zurück.

Kurze Zeit später klopft Frank bei mir. Beinahe hätte er mich dabei ertappt, wie ich meine Koffer öffne, um die Steine verschwinden zu lassen. »Ben möchte Ihnen noch Gute Nacht sagen.«

»Oh, ja, natürlich.«

Ben liegt bereits eingekuschelt unter seiner Bettdecke und wartet auf mich. Während ich neben dem Bett in die Hocke gehe, fragt er leise: »Kannst du meine Mama eigentlich auch wieder herzaubern?«

»Nein, das kann ich leider nicht, Ben«, antworte ich leise. Aber ich bin mir sicher, dass Frank vor der Tür im Gang steht und unser Gespräch belauscht. »Du vermisst sie bestimmt ganz schrecklich.«

Bens Arm umschließt seinen Kuschelhund noch fester.

»Weißt du, Ben, sie ist jetzt da oben im Himmel und hat bestimmt ganz viel Spaß. Manchmal, da feiern die Feste, dass kannst du dir nicht vorstellen. Wenn die Engel zu singen anfangen, da bleibt kein Auge trocken. Gott sei Dank sind Elvis und andere Seelen oben, um sie an der richtigen Stelle zu unterstützen.«

»Wer ist Elvis?«

»Wahrscheinlich macht es deine Mama ganz traurig, wenn du so traurig bist. Sie hat dich noch genauso lieb wie zu der Zeit, als sie hier war.«

»Woher weißt du das?«

»Weil … das kann ich dir leider nicht sagen. Es ist ein ganz großes Geheimnis. Aber ich weiß es wirklich und ich lüge dich auch nicht an. Das musst du mir glauben.«

»Bist du ein Engel?«

Ich drehe mich kurz zur Tür um. Da ist ein Schatten auf dem Gang, eindeutig. Deswegen beuge ich mich noch näher zu Ben. »Nein, aber so etwas Ähnliches.« Puh, jetzt habe ich mich ziemlich weit aus dem Fenster gelehnt!

Dann decke ich Ben noch einmal richtig gut zu und verlasse sein Zimmer. Frank sitzt mit einem Glas Wein vor dem Fernseher im Wohnzimmer. Er reibt sich verdächtig die Wangen trocken, als ich ihm eine Gute Nacht wünsche.

Hundemüde falle ich ins Bett und schlafe tatsächlich. Wann habe ich das letzte Mal schlafen müssen? Muss schon eine Weile her sein, wenn ich mich nicht mehr daran erinnern kann.

Am nächsten Morgen erwache ich mit einem stark aufgeblähten Bauch. Oh nein, es geht los! Ich muss einen dermaßen lauten Furz lassen, dass ich schon befürchte, meine Kollegen dort droben spenden mir Beifall. Ich zwinkere das anstehende Geschäft einfach weg und augenblicklich ist mein Bauch wieder flach. Mal sehen, wie lange ich das so einfach machen kann, bevor mich die Menschlichkeit völlig einholt.

Dann gibt es Frühstück. Was macht man denn so als Frühstück? Keine Ahnung. Ich suche in den Schränken nach Dingen, die ich verwerten kann, als Frank in der Küche erscheint. Er hat sich bereits in seinen Arbeitsanzug geschmissen. »Ah, Sie haben schon Kaffee gemacht. Das ist schön.«

Ja, den habe ich zwischendurch schnell hergeblinzelt. Ich hätte auch Speck, Eier, Waffeln, Brot und Marmelade herzaubern können. Aber es wäre verdächtig, wenn ich etwas auf den Tisch stelle, was gar nicht im Vorratsschrank vorhanden ist.

»Was isst Ben denn zum Frühstück?«

»Er mag Cornflakes.« Frank nippt eifrig an der Tasse Kaffee, die er sich eingeschenkt hat.

»Und Sie?«

»Ich kaufe mir immer unterwegs beim Bäcker etwas.«

Wunderbar. Da kann ich ja getrost das Frühstück für mich immer ausfallen lassen. Leider rumort es ganz merkwürdig in meinem Bauch. Das muss Hunger sein!

Frank erklärt mir zwischen Tür und Angel noch schnell Bens Stundenplan, damit ich weiß, wann er an welchem Tag nach Hause kommt. Und schon ist er weg.

Als ich Ben geweckt habe, steht sein Müsli bereit und danach macht er sich auf den Weg in die Schule.

Ich erstelle einen Plan. Jeden Tag darf ich eigentlich nur eine Sache erledigen. Sonst wird es zu auffällig. Also blinzele ich für heute die ganze Wäsche sauber und lasse sie gebügelt in die Kleiderschränke fliegen.

Dabei stelle ich fest, dass die Sachen von Franks Frau immer noch den größten Teil seines Kleiderschranks beanspruchen. Die kunterbunte Bekleidung springt mir sofort ins Auge. Jedem Menschen kann ich nur empfehlen, sich möglichst farbenfroh zu kleiden, denn im Himmel ist alles weiß. Das fängt ja schon in unserer Etage an und wird weiter oben nicht besser.

Warum hebt er all diese Sachen auf? Sie kann sie nicht mehr tragen.

Die Woche vergeht wie im Fluge. Frank ist jeden Abend aufs Neue überrascht, wenn er feststellt, was ich im Haushalt getan habe. Gut so. Er hat den Eindruck, dass ich den ganzen Vormittag über beschäftigt bin. In Wirklichkeit suche ich nach einer Frau für ihn.

Mittags zaubere ich ein leckeres Essen für Ben und bereits nach diesen paar Tagen, kann ich bei Ben eine Veränderung bemerken. Wenn er aus der Schule nach Hause kommt, scheint er gar nicht traurig zu sein, sondern es sprudelt nur so aus ihm heraus, was er alles erlebt hat an diesem Morgen.

Den überfälligen Termin beim Friseur bringen wir bereits am zweiten Tag hinter uns. Schon am dritten Tag nach meiner Ankunft verabredet er sich mit einem Freund zum Spielen.

Ben redet viel von seiner Mama, wenn Frank nicht dabei ist. Ich gehe davon aus, dass Frank nicht gerne von seiner verstorbenen Frau spricht, was Ben auch zu schaffen macht. Kinder gehen mit dem Tod eines Angehörigen völlig anders um als Erwachsene. Falsch, eigentlich geht jeder Mensch mit dem Tod eines Angehörigen anders um und Frank ist eher der Typ, der für sich alleine im Stillen leidet.

Je länger ich hier bin, umso schwerer fällt es mir, mein absolut unattraktives Image beizubehalten. Wenn ich auf der Straße die jungen Frauen sehe, die mit offenem Haar und engen Jeans selbstbewusst durchs Leben gehen, dann fühle ich mich immer schrecklicher neben ihnen. Das hat mir eigentlich noch nie etwas ausgemacht, aber schon die paar Tage reichen, um mich an meinem Äußeren zweifeln zu lassen. Die Blicke der anderen Frauen bauen mich auch nicht gerade auf.

Als ich Ben zu seinem Freund zum Spielen gebracht habe, hat die Mutter des Jungen sicher eine graue Maus in mir gesehen. Wenn die wüsste, welche Haarpracht ich tagtäglich in diesem dämlichen Haarnetz verstecke, dann würde sie vor Neid erblassen.

Eigentlich sollte ich mir am Wochenende ganz dringend eine Auszeit nehmen. Und tatsächlich sagt Frank am Donnerstagabend: »Sie können gerne übers Wochenende etwas mit Ihren Freunden machen oder Ihre Familie treffen. Ich habe frei und kümmere mich um Ben.«

»Ich würde aber gerne hierbleiben, wenn es Ihnen nichts ausmacht. Meine Freunde warten nicht auf mich und die Familie auch nicht. Die sind das schon gewöhnt, dass ich mich in Phasen der … Arbeit auf nichts anderes mehr einlassen kann.«

Was sage ich da? Gewisse Dinge gehören doch unbedingt mit Claudia besprochen! Dinge, die mich beunruhigen. Zum Beispiel die Tatsache, dass ich auf einmal nicht mehr ganz nah neben Frank in der Küche stehen kann, ohne mir dieser Nähe bewusst zu werden. Dass ich es genieße, wenn wir am Abend noch gemeinsam mit Ben ein Buch anschauen und er seinen Arm hinter mir auf die Couchlehne legt. Zwischen uns sitzt zwar Ben, aber nach einem Tag im Büro verströmt Frank so einen einzigartigen Duft nach ... wie soll ich sagen ... nach Mann eben, dass ich das einfach genieße. Ich freue mich, wenn er aus der Arbeit nach Hause kommt, und achte darauf, mit welchem Gesichtsausdruck er mich grüßt. Ein kleines Lächeln beschert mir ein Glücksgefühl und wenn er mich einmal berührt, und sei es auch nur aus Versehen, dann ... Oh. Mein. Gott.

Wie gut würde mir jetzt eine Entziehungskur tun, so menschlich, wie ich geworden bin! Aber genau davor habe ich Angst. Wäre es nicht fürchterlich, wenn ich am Montag zurückkehre und keine erotischen Gefühle mehr wahrnehmen kann? Das können wir Dschinns nämlich nicht. Wir haben zwar Gefühle, aber wir leben in einer völlig platonischen Welt. Es gibt keine Körperkontakte zwischen uns und unter Liebe verstehen wir etwas anderes. Eigentlich ist es ein Wunder, dass wir rein körperlich gesehen überhaupt so menschlich ausgestattet sind.

Ich winde mich innerlich, weil ich eigentlich zurückkehren müsste. Doch jeder Grund ist mir recht, damit ich über das Wochenende bleiben kann. Deshalb schlage ich vor: »Vielleicht möchten Sie ja etwas unternehmen. Ich bleibe gerne hier, es macht mir nichts aus.«

Frank geht nicht auf mein Angebot ein. »Dann sitzen wir wohl beide hier herum.«

Natürlich habe ich längst einen Plan ausgeheckt.

Am Freitag, kaum dass Ben das Haus in Richtung Schule verlassen hat, schaue ich unbemerkt bei Frank in der Arbeit vorbei. Mittlerweile ist es schon so schlimm mit mir, dass ich seufzend in seinem Büro sitze und mir anhöre, wie er die Texte von irgendwelchen notariellen Urkunden vorliest.

Aber ich bin Profi und nachdem ich mich ausgeschmachtet habe, setze ich seine Mitarbeiterin wieder auf ihn an. Ich habe ihr eingeredet, dass sie sich Karten für ein Theaterstück kauft und ihn einlädt. Früher ist er sehr gerne ins Theater gegangen, das weiß ich dank meiner Recherchen.

Frank ist gerade in der kleinen Küche, um sich einen Kaffee zu machen, als sie ihn anspricht. »Frank, ich habe da zufällig zwei Theaterkarten für Samstag. Hättest du Lust, mit mir da hinzugehen?« Sie macht das wirklich sehr nett und freundlich und überhaupt nicht aufdringlich.

»Sag ja«, hauche ich in sein Ohr, aber er scheint noch zu überlegen.

»Tut mir echt leid, aber ich möchte mehr Zeit mit Ben verbringen.«

»Aber der schläft doch längst, wenn du ins Theater gehst. Hast du niemanden, der auf ihn aufpassen könnte?«

Frank winkt ab. »Nein, ich fürchte, ich bin nicht in der Stimmung für ein Theaterstück. Vielleicht findest du ja jemand anderen.« Er drängelt sich an seiner Mitarbeiterin vorbei und ich gehe einfach durch sie hindurch.

»Warum gehst du nicht mit ihr aus?«, schreie ich ihn an. Gut, dass er mich nicht hören kann! Das wird schwieriger, als ich dachte. Da muss eine ganz neue Strategie her.

In Bens Klasse gibt es eine wirklich hübsche alleinerziehende Mutter. Sie hat einen Sohn, Tobias, und der hat sich Ben in den letzten Tagen etwas angenähert, weil Ben nicht mehr in die Hose macht und insgesamt aufgeschlossener ist. Außerdem ist Tobias ein alter Kindergartenfreund von Ben und sitzt zurzeit neben ihm. Ich schaue im Unterricht vorbei, flüstere Ben einige aufbauende Worte ins Ohr und lasse ihm und seinem Freund die Idee zukommen, dass sie am Samstag gemeinsam etwas mit ihren Eltern unternehmen wollen. Den gleichen Gedanken lege ich auch der Mutter des Freundes ins Ohr.

Dann ziehe ich mich in die Wohnung zurück, um mir über das Mittagessen Gedanken zu machen. Bei der Zubereitung des Essens bin ich mittlerweile schon sehr raffiniert. Dank einer Kochsendung im Fernsehen blinzele ich mir Zutaten in die Küche – mitsamt Verpackung. Denn wenn ich aus diesen Zutaten das Essen gezaubert habe, muss ja auch Verpackungsmüll zu sehen sein.

Ben kommt vor seinem Vater an und wir beginnen mit dem Essen, weil ich eigentlich gar nicht genau weiß, wann Frank am Freitag Feierabend macht. Als er schließlich erscheint, setzt er sich zu uns.

Bald geht Ben in sein Zimmer und Frank sagt unvermittelt: »Ich wollte Sie etwas fragen. Aber ich weiß nicht, wie Ihre Erfahrung in solchen Dingen ist, weil Sie sich ja immer so kleiden … äh … nicht dass ich etwas gegen Ihre Kleidung hätte. Aber sie ist doch etwas ungewöhnlich für eine Frau Ihres Alters.«

»Soll ich etwa meinen Kleidungsstil ändern?«

»Nein, es geht eigentlich um etwas völlig anderes.« So, wie er die Ellenbogen auf den Tisch stützt und die Hände vor seinem Mund platziert, kann ich kaum noch sein Gesicht sehen. »Wenn Sie von einem Mann ins Theater eingeladen werden würden. Wie würden Sie das verstehen?«

»Wenn er es auf Deutsch sagt, dann würde ich es verstehen.«

Da ist es, ein kleines Lächeln, leider hinter den Händen versteckt. »Sie haben mich schon verstanden.«

»Ja, Sie sprechen ja auch deutsch. Also, ich würde es als einfache Einladung interpretieren, mehr nicht. Vielleicht steckt der Wunsch dahinter, dass der Mann mich besser kennenlernen will, aber mehr auch nicht.« Mit angehaltenem Atem warte ich auf seine Reaktion. Er lässt sich unendlich viel Zeit und ich schnappe irgendwann nach Luft. Wird er mir jetzt noch mehr berichten oder muss ich frech nachfragen?

Er wischt sich mit seiner Serviette über den Mund und blickt zur Seite. »Eine meiner Mitarbeiterinnen hat mich für morgen ins Theater eingeladen.«

»Aber das ist doch wunderbar. Ich bleibe bei Ben, das ist überhaupt kein Problem.«

»Ich habe bereits abgesagt.« Er steht auf, um seinen Teller in die Küche zu bringen.

Mit meinem Teller in der Hand folge ich ihm. »Aber warum?«

»Ich möchte nicht, dass irgendjemand meint, er müsse mich aus Mitleid irgendwie beschäftigen.«

»Aber fällt Ihnen denn gar kein anderer Grund ein? Sie sind ein attraktiver Mann im besten Alter. Können Sie sich denn gar nicht vorstellen, dass Frauen ein echtes Interesse an Ihnen haben?«

Als sich sein Blick während meiner Worte verändert, ist es zu spät zum Zurückrudern. Zu allem Überfluss habe ich während meiner Laudatio auch noch eine Hand auf seinen Arm gelegt, die ich jetzt blitzschnell zurückziehe.

Er schluckt. Dann wendet er sich ab und die Trauer legt sich wieder wie ein Schatten über sein Gesicht. »Jetzt ist es eh schon zu spät.«

»Aber die nächste Einladung nehmen Sie an, nicht wahr?« Es wird ja nicht mehr lange dauern, bis eine eintrifft, das weiß ich.

»Mal sehen. Das kommt darauf an, wer mich einlädt.« Er sieht mich immer noch seltsam an und ich gehe zurück an den Esstisch, um ihn abzuräumen.

Da klingelt das Telefon, Frank hebt ab und ruft: »Ben, dein Freund Tobias will dich sprechen!«

Ben geht freudestrahlend an den Apparat. Nach einer Weile fragt er: »Papa, darf ich morgen mit Tobias und seiner Mama ins Schwimmbad gehen?«

»Äh, ja, natürlich, warum nicht?«

»Du sollst nochmal ans Telefon. Tobis Mama will dich sprechen«, höre ich jetzt Ben sagen.

Frank geht ans Telefon und fragt: »Hallo Sandra, ihr geht schwimmen?«

Grinsend freue ich mich auf das, was jetzt kommt.

Da höre ich plötzlich die Stimme des Oberdschinns in meinem Kopf: »Was meinst du, Carolyn? Nimmt er diese Einladung an?« Mit genervtem Blick in den Himmel signalisiere ich meinen Unmut über die Einmischung und denke: »Wieso immer ich?« Dann höre ich noch ein leises Lachen, bevor Franks Stimme wieder in mein Bewusstsein tritt.

»Also, an sich finde ich die Idee ja ganz gut. Aber ich fürchte, ich habe morgen schon etwas vor. Ich habe … äh … eine neue Haushälterin und ich wollte sie morgen dafür … entschädigen, dass sie sich die ganze Woche über so gut um Ben kümmert.«

Überrascht drehe ich mich zu Frank um und gebe ihm mit Zeichen zu verstehen, dass das nicht nötig ist. Aber er sieht mich nur kurz an und redet weiter. »Wenn ihr Ben trotzdem mitnehmt, dann wäre das für mich die Gelegenheit, mich bei Carolyn zu bedanken.«

Ja, bedanke dich bloß nicht zu früh!

Als er aufgelegt hat, zuckt er entschuldigend mit seinen Schultern. Ben schaut erst seinen Vater an und dann mich und verschwindet grinsend in sein Zimmer.

»Sie sind ein Lügner und Betrüger«, bemerke ich. Es klingt leicht amüsiert, aber eigentlich bin ich enttäuscht, weil er diesen Versuch auch abgelehnt hat.

Er lächelt, ja, er lächelt und ich könnte mich in dieses Lächeln hineinlegen. »Wir müssen nichts unternehmen. Ich wollte bloß nicht mit dieser Sandra ins Schwimmbad gehen.«

»Aber warum wehren Sie sich so? Sie sollten etwas mit Frauen unternehmen und auch … ich meine … Sie wissen schon …« Ich kann mich gerade noch einbremsen.

Er tritt einen Schritt näher und legt stirnrunzelnd seinen Kopf schief. »Nein, ich weiß nicht, was ich sollte.« Er klingt verärgert.

Ich beginne zu stottern. »Ich meine … Männer haben doch bekanntlich … naja … ein verstärktes Bedürfnis nach …«

»Ja?«, fragt er fordernd.

»… sexuellem Kontakt«, bricht es aus mir hervor.

»Sie sagen das, als wären Sie eine Nonne«, stellt er leicht belustigt fest.

»Das war ich auch«, erkläre ich spontan, »bis vor Kurzem.« Die perfekte Erklärung für alles!

Er richtet sich plötzlich kerzengerade auf und schaut mich von oben bis unten an. »Das erklärt so einiges, aber nicht alles. Warum versuchen Sie mir beizubringen, dass ich dringend mit einer Frau schlafen müsste? Wissen Sie denn nicht, dass sich jeder Mensch auch selbst behelfen kann?«

Nein. Ja. So genau will ich das gar nicht wissen. Oder doch?

Er lässt mich stehen und geht zu Ben, um zu sehen, wie weit er mit den Hausaufgaben ist, und ich zwinkere die Küche sauber. Die Spülmaschine beginnt sofort, ihre Arbeit aufzunehmen.

Auf dem Weg in mein Zimmer bleibt mein Blick an dem großen Spiegel im Flur hängen. Wie schau ich denn aus? In dem übergroßen Wollpullover und dem hässlichen Faltenrock bin ich nicht gerade eine Augenweide. Und so soll es ja sein. Warum wünsche ich mir aber nichts mehr, als dass Frank mich interessant findet? Das ist eine ganz ungute Entwicklung!

An diesem Nachmittag geht Frank mit einem Freund ins Fitnessstudio und Ben spielt ganz brav allein in seinem Zimmer, so wie er es gewöhnt ist. Ich sehe einige Male nach ihm und er zeigt mir ein Bild, das er von mir gemalt hat. Interessanterweise sind darauf auch die beiden goldenen Armringe zu sehen, die sich geschlossen um meine Handgelenke schlingen. Er weiß natürlich nicht, dass wir Flaschengeister früher damit an unsere Flasche gebunden waren und sie heute nur noch tragen, weil sie unsere magischen Fähigkeiten verstärken. Ansonsten sehe ich herrlich unspektakulär aus.

Zu meiner Überraschung bringt Frank seinen Freund aus dem Fitnessstudio mit nach Hause und der begrüßt mich so: »Das ist sie also?« Dabei lächelt er so schief, wie es ihm nur irgendwie möglich ist. Ich lasse die Männer alleine.

Doch als ich Ben ins Bett gebracht habe, setze ich mich unsichtbar zu den beiden ins Wohnzimmer. Das Warten lohnt sich. Franks Freund, der Alexander heißt, fängt tatsächlich an, über mich zu sprechen. »Dieses graue Mäuschen, das du da aufgegabelt hast, versteckt bestimmt einen hammermäßigen Körper unter seinem Pullover.«

»Kein graues Mäuschen, ein fleißiges Bienchen!«, korrigiert Frank nur und trinkt einen Schluck Bier.

»Bienchen?«

Zur Erklärung zeigt Frank ihm die blöde Visitenkarte, die ich spontan entworfen habe.

»Uh«, sagt Alex, »ich wüsste schon, wo ich bei der die Pollen lecken würde.«

»Alex, sie war Nonne!«

»Umso besser. Die ist bestimmt noch Jungfrau. Wenn du bei der die richtigen Knöpfe drückst, dann geht die ab wie eine Rakete, glaub mir.«

»Ich will gar keine Knöpfe drücken. Ich bin froh, dass sie so ist, wie sie ist. Nachdem es anscheinend momentan die gesamte Frauenwelt auf mich abgesehen hat, bin ich froh, ein sexuelles Neutrum um mich zu haben.«

Es ist an der Zeit, mich aus diesem Gespräch auszuklinken, vor allem deshalb, weil ich ihm glaube. Ein sexuelles Neutrum! Damit hat er voll ins Schwarze getroffen. Normalerweise sind wir Dschinns das auch, aber unter meiner ganzen Bekleidungsschicht fühle ich mich sexueller als je zuvor in meinem Leben.

Spontan mache ich in dieser Nacht einen Besuch in meiner Wabe. Dort ist meine abendliche Müdigkeit auf einmal wie weggeblasen und meine merkwürdigen Gedanken um Frank auch. Ich bewundere die bläuliche Wunschblase, die immer noch geduldig in meiner Wabe wartet.

Ganz dringend brauche ich eine Frau für Frank. Deshalb sehe ich mir sein Leben noch einmal an und zwar im Schnelldurchlauf. Aber immer, wenn eine Frau durchs Bild huscht, halte ich an und sehe mir die Szene genau an.

Und so entdecke ich Desiree. Eine alte Schulfreundin seiner Frau. Sie ist offensichtlich ganz vernarrt in ihn, zumindest in dieser Szene, als sie mal zu dritt beim Essen waren. Ich klinke mich in Desirees Leben ein.

Sie wohnt in Frankfurt. Das ist schon einmal gut. Sie ist momentan Single. Auch das ist gut. Ich suche in Desirees Leben nach der Erwähnung des Namens Frank. Besonders interessant sind ihre innerlich geführten Monologe. Sie scheint vom ersten Moment an für ihn geschwärmt zu haben. Aber da er fest mit ihrer Freundin liiert war, hat sie sich alle unmoralischen Gedanken aus dem Kopf geschlagen.

Ich glaube, sie könnte gut zu Frank passen. Zumindest scheinen sich die beiden gut zu verstehen, was ich bei verschiedenen Treffen sehe. Vielleicht könnte das klappen, weil sie für ihn schwärmt und seiner Frau gar nicht mal so unähnlich ist.

Die Tür meiner Wabe öffnet sich und Michael kommt herein. Ha! Ein Engel hat sich in meine Wabe verirrt, noch dazu einer der Erzengel! Das kann nichts Gutes bedeuten. Sein absolut umwerfendes Aussehen kann ich leider nicht ignorieren. Ich bin noch nicht lange genug wieder hier. Normalerweise halten wir uns hier oben nicht mit Äußerlichkeiten auf.

Mit strenger Mine bedeutet er mir, sitzen zu bleiben.

»Michael, was führt dich zu mir? Verteilst du schon die Einladungen zur Überraschungsgeburtstagsfeier?«

Jedes Jahr geht an Heilig Abend hier der Punk ab, während auf der Erde die sogenannte Stade Zeit herrscht. Wenn die wüssten, dass da bei uns am 24. die beste Party des Jahres steigt!

»Nein, leider bin ich aus einem anderen Grund hier.« Was für eine samtige Stimme, geradezu übernatürlich! Wow. Das ist mir noch nie so aufgefallen. Mit großen Augen glotze ich ihn einfach nur an, während ihm tatsächlich ein Lächeln auskommt.

»Der Chef schickt mich«, sagt er.

»Ihm gefällt nicht, was ich tue, oder?«

»Du bist keine Nonne, Carolyn, und du darfst auch nicht behaupten, dass du eine warst. Das war falsch.«

»Kann ich den Auftrag abgeben?« Das wäre in der Tat eine Entlastung für mich.

»Der Chef hätte sicher nichts dagegen, aber der Junior sagt, dass du die Liebe unter die Menschen bringst, was auch immer er damit meint.«

»Ja, was auch immer.« Ich weiß auch nicht, was genau Jesus damit meint.

»Wir verfolgen fast alle deine täglichen Bemühungen und es wäre schade, wenn wir nicht wüssten, wie die Geschichte mit deiner Beteiligung ausgeht. Außerdem ist auch der Oberdschinn ein Fan deiner Arbeit.« Er lächelt und ich würde jetzt rot anlaufen, wenn ich zu solchen Regungen hier oben fähig wäre.

Michael geht mit den Worten: »Wir sehen uns dann bei der Geburtstagssause. Ach ja, die Mutter von dem Jungen lässt dir ausrichten, dass du wirklich lieb mit ihm umgehst. Sie ist dir sehr dankbar.«

Mir bleibt der Mund offen stehen und ich kann mich nicht mehr auf die Sequenzen mit Desiree konzentrieren. Doch für einen Entschluss habe ich noch die Kraft: Ich werde allen, die meinen, sie müssten mich bei meiner Arbeit beobachten und sich auch noch über mich lustig machen, das Handwerk legen. Ich werde denen eine Show bieten, dass ihnen Hören und Sehen vergeht.

Bis Mitternacht sehe ich mir noch einmal Franks Leben an, als seine Frau noch unter den Lebenden weilte. Er hat sie im Theater kennengelernt. Während ihres Studiums hatte sie dort in der Garderobe gearbeitet und war mit Frank ins Gespräch gekommen, weil sie seine Jacke an den falschen Haken gehängt hatte.

Carolyn, tadele ich mich selbst, du musst besser recherchieren. Die Einladung der Kollegin ins Theater war völlig unpassend.

Kapitel 3

In den frühen Morgenstunden kehre ich in mein Zimmer in Franks Wohnung zurück. Ich bin immer noch in einer sehr merkwürdigen Stimmung. Die Pause war wohl nicht lange genug, da ich mich nackt in dem Spiegel meines Kleiderschrankes betrachte und meine langen Haare offen an mir herabfallen lasse.

Dank meiner Tour durch Franks Leben und auch schon von meinen früheren Aufträgen bin ich mit sämtlichen Bekleidungsstücken auf dieser Welt vertraut. Aus den Kursen in der Wabe kenne ich nur die zweckmäßige Unterbekleidung, also Baumwollhöschen und Unterhemd und, wenn es sein muss, ein weißer unspektakulärer BH. Jetzt zwinkere ich mich durch ein ganz anderes Bekleidungsangebot und probiere die verschiedensten Dessous und Wäschestücke aus. Darin fühle ich mich unglaublich weiblich und sexy. Letztendlich bleibe ich bei einem rosafarbenen Stück Seide hängen, das mit schwarzen Trägern und schwarzem Spitzenausschnitt ein Nichts von einem Nachthemd darstellt. Niemand »da oben« kann sich über meine Bekleidungsauswahl beschweren, da meine Haare sowieso den Großteil meines Körpers verdecken.

Urplötzlich hundemüde krieche ich ins Bett und kann gerade noch feststellen, wie zart sich der edle Stoff auf meiner Haut anfühlt, bevor ich in einen wirklich tiefen Schlaf falle.

Als es in der Früh zaghaft an meine Tür klopft, schrecke ich hoch und zwinkere sofort meine Haare zu dem engsten, strengsten Dutt, den ich bisher hatte. Mein Nachthemd tausche ich gegen einen übergroßen Pyjama. Die Tür geht auf und Ben schleicht zu mir herein.

»Guten Morgen«, ruft er, als er sieht, dass ich bereits wach bin, und springt auf mein Bett.

»Uff«, stöhne ich auf und lache.

»Schwimmen! Ich gehe heute schwimmen«, singt er. Dann bemerkt er meine Armreifen. »Schläfst du auch mit denen?«

»Ja, ich habe sie eigentlich immer an.«

Mit einem leisen Klopfen an meiner Tür, die einen Spalt offen steht, macht sich Frank bemerkbar. Sein freundliches Gesicht erscheint in dem Türspalt. »Guten Morgen. Ich habe schon Frühstück gemacht. Kommen Sie?«

»Ja, gleich.« An seinem Gesicht kann ich erkennen, dass er sich die Frage stellt, ob ich mit dieser äußerst unvorteilhaften Frisur sogar schlafe.

Er ist noch nicht ganz wieder weg, da fragt Ben, während er einen meiner Arme hin und her dreht und den goldenen Reif begutachtet: »Die haben gar keinen Verschluss. Kannst du die nicht ausziehen?«

»Nein, die bleiben immer dran.« Ich spüre, dass Frank immer noch vor meiner Tür steht. Neugierig ist er schon, das muss ich sagen.

»Die sind eng. Wie sind die um deine Handgelenke gekommen?« Wie der Vater, so der Sohn!

Lachend stupse ich ihn mit einem Finger an seiner

Nasenspitze an. »Alles mit Magie.«

Ben staunt und ist begeistert. Dann läuft er aus dem Zimmer und ich höre, wie er seinem Vater von meinen magischen Armreifen berichtet.

Wegen meiner Ehrlichkeit brauche ich mir keine Sorgen zu machen. Die Erwachsenenwelt ist viel zu nüchtern und sachlich, als dass meine Bemerkungen irgendwie eine Reaktion hervorrufen würde, die für unsere Welt bedenklich wäre.

Ich blinzele mich in unspektakuläre Bekleidung, wobei ich diesmal bei der Unterwäsche schummele. Aber die bekommt kein Mensch zu Gesicht, deshalb kann ich es vertreten. Ich entscheide mich heute für eine weiße Bluse mit Spitzenkragen und einen grauen Pullunder.

Der graue Filzrock, den ich mir zaubere, erinnert an die Mode in den 20er Jahren. Er ist an der Hüfte relativ eng geschnitten, geht aber züchtig bis zu den Waden. Was in den 20er Jahren modern war, kann ich doch sicherlich heute ohne schlechtes Gewissen tragen. Der Rock ist bestimmt nicht zu figurbetont, versuche ich mir einzureden, als ich meine Hüften vor dem Spiegel begutachte.

Als ich in die Küche komme, scheint Frank die Veränderung jedoch aufzufallen. Er sieht zweimal hin, als ich mich an den Esstisch setze. Schwer zu sagen, ob er entsetzt oder überrascht ist. Es wäre moralisch auch nicht zu vertreten, in seinen Gedanken herumzustöbern, da es hier um ein rein persönliches Interesse meinerseits geht und nicht um die Erfüllung des Wunsches.

Nach dem Frühstück packt Ben seine Badesachen und Frank sagt: »Ich hätte eine Bitte an Sie.«

Gespannt blicke ich ihm in die Augen. Er fängt vorsichtig an: »Ich finde es ja grundsätzlich gut, dass Sie Ben mit Ihren … magischen Geschichten verzaubern …« Er stockt.

Ich halte seinem Blick stand und hake nach: »Aber?«

»… ich möchte nicht, dass er sich in solche Phantasien verrennt.« Punkt. Aus.

Das will er mir sagen? Am liebsten würde ich ihm jetzt einen Vortrag darüber halten, wie verwahrlost seine Phantasie ist, aber ich darf mich nicht von völlig deplatzierten Emotionen leiten lassen. Auf den störrischen Ausdruck in meinen Augen reagiert Frank mit überraschtem Stirnrunzeln.

Demütig senke ich den Blick und antworte kraftlos: »Natürlich. Ich werde mich bemühen, in Zukunft noch langweiliger zu sein.«

Er lacht. Er hat tatsächlich die Frechheit und lacht mich aus! Ich stehe empört auf und er hebt beschwichtigend die Hände: »Bitte, ich will Sie nicht vertreiben. Ich höre schon auf. Kommen Sie, trinken Sie noch eine Tasse Kaffee mit mir.« Er steht auf und geht zur Kaffeemaschine, um die Kanne zum Esstisch zu holen.

Ich starre ihm nach – und das Allerschlimmste: Ich starre auf seinen Hintern in dieser engen Jeans! Mann. Oh. Mann. Verwirrt lehne ich mich auf meinem Stuhl zurück und blicke an die Decke.

Frank stellt sich neben mich und schenkt mir nach.

Da zwinge ich mich, die Kaffeetasse zu fixieren und nicht seine Hüfte, die sich genau auf meiner Kopfhöhe neben mir befindet. Als hätte er meine Beklemmung erraten, sagt er: »Sie haben mir ja gestern schon zu verstehen gegeben, dass Sie alle Männer für Kerle halten, die ständig auf der Jagd nach der Erfüllung ihrer körperlichen Bedürfnisse sind.«

Sichtbar schluckend wünsche ich mir in diesem Moment nichts so sehr, als dass ich das Gespräch vor fünf Minuten verlassen hätte. Während er auf seinen Platz zurückkehrt und sein Gesicht in mein Blickfeld rückt, fragt er: »Wie ist das eigentlich so als Nonne?«

»Öhm …«

Aber er lässt sich nicht beirren. »Nonnen sind Frauen und auch Frauen haben doch sicherlich hin und wieder das Bedürfnis nach … Sex!«

Wie er das Wort betont! Er will mich ärgern, da bin ich mir auf einmal ganz sicher. Es ist, als hätte er vorhin meinen inneren Kampf erkannt und will mich nun aus der Reserve locken. Alle meine guten Vorsätze, ruhig und besonnen zu bleiben, sind dahin. Andererseits, er sieht mich wirklich sehr interessiert an und ich kann momentan keine Trauer in seinem Gesicht erkennen. Unser Gespräch scheint ihn abzulenken. Trotzdem fauche ich ihn an: »Darüber kann und will ich nicht reden!«

»Oh, habe ich da etwa in eine Wunde gestochert? Tut mir leid, aber Sie sind gestern auch nicht gerade feinfühlig vorgegangen. Sind Sie wegen eines Mannes ausgetreten?«

Da kommt mir eine Idee. »Ja, er heißt Michael

und er hat mir klar gemacht, dass ich es nicht verdiene, mich als Nonne zu bezeichnen.«

In meinem Kopf lacht der Oberdschinn. Völlig unüberlegt und laut wehre ich mich dagegen. »Jetzt hören Sie schon mit dem Gelächter auf. Das ist nicht lustig!«

Ups. Das Lächeln auf Franks Lippen gefriert und weicht einem überraschten Ausdruck.

»Entschuldigung«, füge ich schnell hinzu. »Ich habe nur laut gedacht.« Meine verkrampfte Grimasse bei dem Satz straft mich Lügen.

Er reagiert nicht darauf und trinkt einen Schluck aus seiner Tasse. Krampfhaft umklammere ich meine Tasse und schiele in Richtung Kinderzimmer in der Hoffnung, dass Ben vielleicht endlich Erbarmen mit mir hat und unser Gespräch unterbricht.

»Sind Sie mit ihm zusammen?«, höre ich Frank leise fragen.

»Mit wem?«

»Mit diesem Michael.«

Jetzt bin ich diejenige, die schallend lacht. »Nein, Gott bewahre! Er trägt gerne Kleider.«

Während Frank den Kopf nach hinten wirft, weil er meint zu verstehen, kann ich sehen, wie es in seinem Inneren arbeitet. Ich leere entschlossen meine Tasse. Als ich aufstehe und Franks Tasse ebenfalls in die Hand nehme, fällt sein Blick auf meinen goldenen Armreif.

»Und? Wie sind diese Ringe nun wirklich an Ihre Handgelenke gekommen?«

Mein Lächeln ist versöhnlich. »Das überlasse ich Ihrer Phantasie.«

Dann gehe ich in die Küche und sage: »Ich mache hier klar Schiff. Wenn Sie etwas mit Ben unternehmen möchten …«

Tatsächlich. Frank schnappt sich seinen Sohn, um mit ihm einen Spaziergang zu machen. Obwohl es kalt draußen ist, wollen sie kurz auf einem Spielplatz vorbeischauen.

Die Küche habe ich im Nu fertig und dann mache ich mich auf zu Desiree. An diesem Samstag-vormittag ist sie beim Einkaufen und ich lotse sie zu diesem Spiel-platz, der glücklicherweise in der Nähe ihrer Route liegt. Desiree ist so etwas von schick! Sie trägt einen langen Wintermantel im Leopardenfelldesign. Ihre hochhackigen Schuhe klappern entschlossen und selbstbewusst auf dem Weg, der zu dem Spielplatz führt.

Da kommen Frank und Ben in mein Blickfeld. Ich bleibe zur Vorsicht lieber unsichtbar und beobachte, wie Frank eben noch mit Ben blödelt, bis er Desiree erkennt. Beide werden langsamer und Desiree ruft hocherfreut: »Frank! Ich fasse es nicht. Wir haben uns schon so lange nicht mehr gesehen …«

Frank lächelt, was ich als gutes Zeichen deute, und schnell hauche ich Ben ein paar Worte ins Ohr. Der zeigt auf ein Bistro und zupft an Franks Jacke: »Papa, ich will einen Kaba haben!«

Frank folgt Bens Blick und ich hauche ihm energisch ins Ohr: »So mein Freund, du lädst jetzt diese Frau in das Café ein, aber zackig.«

Es funktioniert. Der Mann hört zur Abwechslung auf mich und Desiree nimmt das Angebot an. Die drei lassen sich in dem Café nieder und nach etwas Small-talk fragt Desiree: »Ich habe gehört, du arbeitest immer noch Vollzeit. Hast du eine Lösung für Ben gefunden?«

»Zuerst war Ben in der Ganztagesbetreuung, aber das hat weder mir noch ihm gutgetan. Jetzt habe ich eine Art Haushaltshilfe, die sich seit einer Woche um ihn kümmert. Das ist gut. Er kann mittags nach Hause kommen und sie kocht. Ich muss sagen, sie hat in einer Woche unsere Wohnung so auf Hochglanz gebracht, dass ich fast ein schlechtes Gewissen habe.«

»Warum? Sie macht schließlich ihre Arbeit«, sagt Desiree und zuckt mit den Schultern.

Frank erklärt: »Sie macht das alles ehrenamtlich und ehrlich gesagt, ich werde heute Nachmittag etwas mit ihr unternehmen, um sie für die viele Arbeit in der Wohnung zu entschädigen.«

»Das klingt doch nett. Wie alt ist sie denn?«

Ben antwortet prompt: »Sie ist eine alte Oma.«

Frank muss ein Lachen unterdrücken, weist Ben dann aber sofort zurecht. »Ben! Carolyn ist bestimmt jünger als ich.«

Unbeeindruckt plappert Ben weiter. »Sie sieht aus wie eine alte Oma.«

Desiree schaut fragend zwischen Ben und Frank hin und her. Frank sagt: »Sie zieht sich etwas altmo-disch an und kommt mir ziemlich verklemmt vor. Aber sie ist höchstens Ende 20.«

Desiree lächelt.

»Und diese Frisur!«, ergänzt Frank und schüttelt den Kopf.

Ich kann mir das nicht länger anhören. Es verletzt mich, obwohl es mich kalt lassen müsste. Emotionale Ausbrüche sollte ich eigentlich keine haben. So etwas gibt es für mich nicht. Momentan kann ich nicht einmal feststellen, ob ich wegen Ben oder wegen Frank mehr gekränkt bin. Als Oma hat mich wirklich noch niemand betitelt! Doch, Frank hat das auch schon erwähnt, fällt mir ein, aber da hat es mir noch nichts ausgemacht.

In der Wohnung betrachte ich wieder eine Weile mein Spiegelbild. Kurzerhand kleide ich mich in Desirees Aufmachung und fühle mich unbeschreiblich gut. Als es an der Tür klingelt, verwandele ich mich schnell in Miss Mauerblümchen zurück und öffne.

Da stehen Sandra und Tobias, die Ben zum Schwimmen abholen wollen, und mir kommt eine Idee. Ich bitte die beiden herein und kläre ab, wo Frank und Ben sind. Die zwei sind schon fast zuhause und ich zaubere einfach Franks Badesachen zu Ben in die Tasche.

Gerade als Frank und Ben die Wohnung betreten, sage ich laut »Wissen Sie, Frank hat es sich übrigens anders überlegt. Er geht doch mit ins Schwimmbad.«

Zwei Augen funkeln mich böse an, als ich mich zu Frank umwende. Irgendwie befriedigt mich das ungemein, obwohl ich weiß, dass ich ihn wegen meiner gekränkten Eitelkeit nicht leiden lassen dürfte. Es ist ja schon ein Problem, dass ich überhaupt eitel bin.

Die Begeisterung bei Ben, Sandra und Tobi fällt eindeutig aus. Aus der Tour kommt Frank jetzt nicht mehr heraus.

Zufrieden wünsche ich allen viel Spaß und gehe in mein Zimmer. Dann höre ich, wie Frank zu den anderen sagt: »Bin gleich wieder da.« Gleich darauf betritt er stürmisch mein Zimmer. Ohne anzuklopfen, wohlgemerkt!

»Was soll das?«, fragt er erregt und rauft sich die Haare.

Ich drehe mich lächelnd zu ihm um. »Sie gehen schwimmen. Was ist denn daran so schlimm? Oder haben Sie Ihren Freischwimmer noch nicht gemacht?«

»Sie scheinen nicht begriffen zu haben, dass ich kein Interesse an einer Verabredung habe. Es kommt mir fast so vor, als ob Sie mich verkuppeln wollten. Übrigens sagt heutzutage kein Mensch mehr *Freischwimmer*.«

»Sie wollten doch mehr Zeit mit Ben verbringen. Zufälligerweise sind jetzt Sandra und Tobias auch dabei. Das ist doch nicht verkehrt. Wie heißt bei Ihnen der Freischwimmer?«

Frank schnauft tief durch und wird ruhiger. »Eigentlich wäre ich heute wirklich gerne mit Ihnen essen gegangen. Ich wollte Sie doch einladen, wissen Sie das nicht mehr? *Seepferdchen*.«

Um ja nicht zu viel von mir preiszugeben, lege ich mir meine Worte gedanklich zurecht. »Frank. Sie haben Ihre Frau verloren und Sie wollen nicht das Gefühl haben, dass sich jemand aus Mitleid um Sie kümmert. Genauso wenig möchte ich aus Mitleid von einem Mann eingeladen werden.«

Seine Stimme klingt merkwürdig rau, als er nach einer Weile sagt: »Können Sie sich nicht vorstellen, dass

Ihre Gegenwart ein Geschenk für mich ist?«

Bevor mein Körper von einem warmen Schauer überzogen wird, wehre ich sämtliche positiven Aspekte ab und erwidere: »Sehen Sie mich an. Ich bin … nicht gerade das, was ein Mann sich wünscht.«

Mit einem großen Schritt kommt Frank mir etwas näher. »Sie könnten mehr aus sich machen, zugegeben, ja. Aber Sie müssen auch einmal rausgehen, Spaß haben, Leute kennenlernen.«

Halt! Das ist mein Text. »Ich muss heute ins Büro und jede Menge Papierkram abarbeiten. Vielleicht klappt es ja ein anderes Mal.« Was für eine müde Ausrede!

»Papa, wann kommst du?«, schreit Ben durch die Wohnung und Frank geht zur Tür.

Dann bleibt er stehen, schaut mich noch einmal an und flüstert: »Meinen Sie tatsächlich, dass Ihre Kleidung, Ihre Frisur und die hässliche Brille darüber hinwegtäuschen, dass Sie eine hübsche junge Frau sind?« Dann geht er.

Weil diese Welt so erbarmungslos Gefühle und Empfindungen verbreitet, verlasse ich sie sofort. Der Oberdschinn wartet schon auf mich, als ich in meiner Wabe auftauche. Ich erschrecke, weil ich immer noch so menschlich bin.

Wie erstarrt warte ich ab, was er will, aber es dauert eine ganze Weile, weil er anscheinend erst jeden Zentimeter seines Bartes streicheln will, bevor er das Wort an mich richtet.

Das dauert mir zu lange und deshalb fange ich zu reden an: »Dschinn, ich kann da nicht mehr hin. Frank, der Mann, ich …«

Der Oberdschinn hält mir seine Hand entgegen und ich schweige augenblicklich. Immer noch fährt er mit einer Hand seinen Bart entlang und sagt: »Sie sind dafür bekannt, etwas unübliche Taktiken zur Erfüllung der Wünsche anzuwenden und ich habe Sie stets gewähren lassen, da ich immer der Meinung war, dass Sie äußerst zielorientiert arbeiten.« Die lange Gesprächspause lässt mich ahnen, was jetzt kommt. »Was ist diesmal anders, Carolyn?«

»Ich weiß es nicht Dschinn. Ich bin seltsam berührt von diesen beiden Menschen. Ich …« Meine Gedanken geben mir schreckliche Worte vor. Habe ich mich verliebt?

»Ich möchte, dass Sie sofort in eine Supervisionsgruppe gehen und Ihre Probleme bearbeiten. Dann werden Sie mit Sirina sprechen. Vielleicht kann sie Ihnen helfen, wieder klarer zu sehen.«

Sirina. Sirina ist einer der ältesten weiblichen Dschinns. Sie erfüllt schon lange keine Wünsche mehr. Es wird gemunkelt, dass sie für zu viel Unruhe auf der Erde gesorgt hat, da sie ihre weibliche Präsenz dort sehr betont einsetzte. Was auch immer das heißen mag? Sirina soll für einige der schlimmsten Liebesdramen der Weltgeschichte verantwortlich sein, wobei sie in Zusammenhang mit dem Drama auch immer einen Wunsch erfüllt hat.

Folgsam gehe ich in eine Supervisionsrunde. Es ist

unüblich, während eines Auftrages dort zu erscheinen. Deshalb warte ich, bis alle aus der Runde von ihrem erfüllten Auftrag gesprochen haben, bevor ich mich melde.

Ich berichte alles, von Anfang an. Als ich meine Gefühlswelt schildere, merke ich, dass alle an meinen Lippen hängen, als könnten sie nicht glauben, was sie da hören. Ich berichte von Ben, den ich in mein Herz geschlossen habe, auch wenn er mich für eine Oma hält. Wenn ich von Frank spreche, wird meine Stimme zitterig und schwankt. Zu allem Überfluss sucht die Moderatorin einige Szenen auf dem Bildschirm heraus und illustriert damit meine Erzählungen.

Als ich meinen Bericht geendet habe, fragt mich die Moderatorin: »Welches Ziel verfolgen Sie eigentlich genau?«

»Ich möchte, dass es eine Frau in Franks Leben gibt, die ihn glücklich macht und gleichzeitig eine Mutter für Ben sein kann.«

Die Moderatorin stellt fest: »Carolyn. Genau diese Position haben Sie eingenommen. Ist Ihnen das nicht aufgefallen? Es gibt für Frank keinen Anlass, sich eine Frau zu suchen, wenn er Ihre Gesellschaft hat. Er scheint momentan nicht an sexuellem Kontakt interessiert. Aber Sie sind da, wenn er nach der Arbeit nach Hause kommt. Sie hören ihm zu und unterhalten ihn. Er lacht mit Ihnen. Und wie ist es mit Ben? Sie sind momentan der Mutterersatz für ihn. Sie kochen für ihn, helfen ihm bei den Schulaufgaben und organisieren seine Freizeit.«

Ich schlucke. Das ist ein grober Anfängerfehler. Versuche nie selbst, den Wunsch zu erfüllen. Warum ist mir das passiert?

»Meiner Meinung nach sollten Sie darüber nachdenken, sich aus der Familie ganz zurückzuziehen und nur im Hintergrund die Fäden zu ziehen. Außerdem kommen mir Ihre bisherigen Versuche, weibliche Kontakte herzustellen, ziemlich unmotiviert vor. Dass Sie es heute Nachmittag geschafft haben, sich aus der Einladung zu winden, ist wenigstens ein positiver Ansatz, den ich erkenne.«

Der ganze Tadel trifft mich. Letztendlich wird mir hier aber niemand vorschreiben, was ich zu tun habe. Die Gruppe ist lediglich eine Hilfe in der Entscheidungsfindung für mich. Gegen Ende der Gruppenstunde bitte ich noch um ein Feedback von jedem, der etwas sagen möchte, und bin überrascht, was die Dschinns zu sagen haben.

»Carolyn, ich habe mir auch immer gewünscht, ich könnte mich emotional mehr auf die Menschen einlassen. Was du gerade erlebst, ist wertvoll und fantastisch«, sagt eine noch relativ Junge.

Ein älterer weiblicher Dschinn steigt darauf ein: »Ja, halte diese Familie fest. Zieh dich bloß nicht zurück und bleib am Ball. Frank wird schon eine Frau finden, wenn er so weit ist und so lange solltest du ihm neuen Lebensmut geben und für ihn und seinen Sohn da sein.« Wie lange wird das wohl dauern?

Ein männlicher Dschinn sagt streng: »Spiele den beiden nichts vor, was du nicht sein kannst. Bleibe di-

stanziert und verliere dein Ziel nicht aus den Augen.«
Auch hier nicken einige aus der Gruppe.

Ehrlich gesagt, bin ich kein bisschen schlauer geworden, aber es war gut, dass ich über meinen Auftrag reden konnte.

Danach mache ich mich auf zu Sirina, die mich wohl schon erwartet hat. »Carolyn, da bist du ja. Was kann ich für dich tun, Schätzchen?«

Amüsiert registriere ich, dass sich Sirina zwar an die gewünschte Bekleidungsfarbe, aber wohl nicht an den erwarteten Stil hält. Ihr weißes Kleid stellt ihre weiblichen Vorzüge zur Schau. Und, was mir sofort auffällt: Sie zeigt Emotionen. Während ich ihr die ganze Geschichte erzähle, blinzelt sie immer wieder eine Träne weg. Dann sagt sie nach kurzem Überlegen: »Du hast dich in Frank verliebt.«

»Nein!« Meine Empörung führt nur dazu, dass sie lächelnd mit einem Finger auf mich deutet. »Schätzchen, du hast dich verliebt oder bist auf dem besten Wege dahin. Glaube mir, ich weiß, wovon ich rede. Hier oben hat niemand eine Ahnung davon außer mir. Deshalb kannst du mir glauben.«

»Dschinns verlieben sich nicht.«

»Blödsinn. Es ist doch bekannt, dass wir genauso Gefühle zeigen, wenn wir uns länger in der Welt der Menschen aufhalten. Natürlich können wir uns verlieben.« Sie sieht in die Ferne, lächelt verklärt und seufzt.

»Aber ich war schon öfter da unten und ich habe noch nie so etwas erlebt.«

»Vielleicht hast du noch nie so einen Mann wie

Frank getroffen. Er ist ja auch wirklich ein zuckersüßes Exemplar von einem Mann. Tja, Carolyn, irgendwann ist immer das erste Mal.«

»Ich bin doch erst seit einer Woche dort und außerdem will ich mich gar nicht verlieben.«

Obwohl ich bedrohlich bockig klinge, lacht sie ein schrilles, spitzes Lachen und wirft den Kopf in den Nacken. »Schätzchen, du hast zwei Möglichkeiten. Entweder du lässt dich auf ihn ein, wobei du da schon etwas an deinem Äußeren arbeiten müsstest …« Mit einem Zwinkern gibt sie mir zu verstehen, dass sie sich meine Daily Soap auch schon angesehen hat. »Oder du gehst deutlicher auf Distanz und machst klar, dass du nicht ewig zur Verfügung stehen wirst.«

»Hast du … ich meine … hattest du schon einmal …« Ich kann es nicht aussprechen.

»Sex?« Ihr Mund verzieht sich zu einem spöttischen Lächeln.

Hart schluckend nicke ich.

»Schätzchen, du kannst dir gar nicht vorstellen, was uns hier oben entgeht. Wenn ich du wäre, dann würde ich jede Gelegenheit ergreifen. Aber du weißt ja, dass ich deswegen nicht mehr runtergelassen werde. Ich fürchte, ich habe keinen Anlass ungenutzt … du weißt schon.«

»Hast du deswegen Ärger bekommen?«

Weil sie mich durchschaut hat, lächelt sie wissend. »Nicht so richtig. Erst, als ich es übertrieben habe und dadurch die Wunscherfüllungen vernachlässigt habe.«

Kapitel 4

Da es anscheinend keine Verfahrensanweisung für meinen Fall gibt, muss ich tun, was ich selbst für richtig halte: Frank soll so abgeschreckt werden, dass er mich einfach nicht mehr hübsch finden kann.

Im Schwimmbad aufzukreuzen, erscheint mir deshalb eine gute Idee zu sein.

Eine Weile sehe ich mich unbeobachtet im Bad um und suche mir den hässlichsten Badeanzug aus, den ich finde. Den zaubere ich mir an den Körper. Damit die Kopie nicht so auffällt, variiere ich die Farben. Und … ich setze eine gelbe Badehaube auf, um mein meterlanges Haar darunter zu verstecken. Weil ich meine Brille nicht mit ins Schwimmbad nehmen kann, helfe ich mit einer Taucherbrille aus.

Leider bin ich zu schlank für diesen Badeanzug und meine Brust würde die eingesetzten Körbchen nicht benötigen. Aber meine Figur werde ich deshalb nicht verändern. Alles hat seine Grenzen!

Wahrscheinlich errege ich nicht schlecht Aufsehen, als ich die Badelandschaft betrete. Durch die Brille kann ich nicht wirklich gut sehen. Endlich er-spähe ich Ben und Tobi, die verzweifelt versuchen, Frank von der Liege hochzuziehen, weil sie mit ihm zum Sprungturm wollen.

Auf der Liege neben ihm liegt Sandra und prustet los, als sie mich sieht. Ihr Gelächter erstirbt erst, als Frank mich anschaut und sagt: »Carolyn?«

»Ich hatte jetzt doch noch Zeit. Da dachte ich, ich komme einfach vorbei und spiele mit den Kindern, damit ihr euch in Ruhe unterhalten könnt.«

Nervös wippe ich auf meinen Füßen auf und ab. Während ich versuche, möglichst wenig von Franks Körper anzusehen, mustert Frank mich von oben bis unten. Meine langen, schlanken Beine sieht er sich für meinen Geschmack etwas zu lange an. Meine Verlegenheit bringt mich in Erklärungsnot.

Zum Glück zerren mich Ben und Tobi zum Sprungturmbecken.

»Wetten, dass sie sich nicht traut!«, höre ich Tobi flüstern und Ben entgegnet: »Sie ist fast ein Engel. Sie kann wahrscheinlich fliegen.«

Oh oh. Es geht hier um mich. »Was traue ich mich nicht?«, frage ich.

Tobi antwortet: »Ich wette, dass Sie nicht vom 5-Meter-Turm springen.«

Den Sprungturm müsste ich jetzt nicht unbedingt haben, da hat Tobi Recht. Als ich in Bens Gesicht sehe, sage ich ganz ruhig: »Manchmal muss man im Leben ins kalte Wasser springen. Was ist dein Wetteinsatz, Tobias?«

Tobi versteht das Wort nicht und ich frage erneut: »Um was wollt ihr wetten?«

»Um ein Eis«, sagt Tobi und grinst siegessicher. Ich mache mich auf den Weg zum Sprungturm. Ein paar Jungs stehen oben und überlegen, ob sie springen sollen. Ihr Tuscheln begleitet mich, während ich die Leiter erklimme.

Einer fragt: »Haben Sie den Badeanzug geerbt?«

»So ungefähr. Ich habe eine Wette verloren, deshalb renne ich so herum.«

»Ach so«, höre ich einen anderen sagen und bin anscheinend rehabilitiert.

Oben lassen mir die Burschen den Vortritt. Ich gehe ganz nach vorne an den Rand des Sprungbretts und sehe mich um. Leider habe ich inzwischen auch die Aufmerksamkeit von Frank und Sandra erregt, die von ihren Liegestühlen aus zum Sprungturm spähen. Glücklicherweise sitzen sie ein gutes Stück entfernt. Ich überlege schon zu lange und schnaufe fest durch.

Tobi knufft Ben freundschaftlich in die Seite und ich suche Bens Blick. In diesem Moment weiß ich, dass es nicht nur für mich wichtig ist, diesen Sprung zu wagen. Warum nur sieht die Sache von hier oben so anders aus als von unten?

Ein Bademeister betritt den Raum und beobachtet mich. Sollte ich jetzt erleichtert darüber sein, dass er sich noch nicht sein T-Shirt vom Leib reißt, um mich im Notfall retten zu können? Was soll's!

Ich springe einfach los und stoße dabei einen gellenden Schrei aus. Mit voller Wucht tauche ich ins Wasser ein und meine Badehaube flutscht von meinem Kopf. Vor lauter Haaren kann ich fast nichts mehr erkennen. Schnell tauche ich auf. Die jungen Kerle oben auf dem Turm applaudieren.

»Ein Wahnsinnssprung!«

»Und Wahnsinnshaare!«

Als Ben und Tobi begeistert davonrennen, schnappe ich mir meine Badekappe. Mithilfe von ein wenig Magie tauche ich kurz und meine Haare sind wieder unter der Kappe verschwunden. Gerade rechtzeitig. Denn Frank und Sandra sind von den Kindern zum Beckenrand gezerrt worden und ich schwimme auf sie zu. Der Bademeister hält mir eine Hand hin, um mich aus dem Becken zu ziehen.

»Jetzt weiß ich, warum Sie eine Badehaube tragen«, sagt er lächelnd. »Wenn Sie ein Haar verlieren, verstopfen Sie unsere gesamte Filteranlage.«

Frank fixiert stirnrunzelnd meine Badehaube, während Ben ihn begeistert am Arm zieht.

»Sie ist gesprungen, Papa. Hast du es gesehen?«

Tobi versucht seine Mutter gerade davon zu überzeugen, dass meine Haare länger seien als die von Sissi, der Kaiserin Elisabeth von Österreich, was aber tatsächlich nicht stimmt. Ja, wir haben das schon einmal verglichen. Ich habe verloren, beim Taillenumfang ebenso.

Da sehe ich meine Taucherbrille am Boden des Beckens und zeige darauf. »Ach herrje, meine Brille!«

Einer der jungen Männer oben am Turm brüllt: »Ich hole sie!«

Mit Anlauf springt er ab und taucht in das Becken ein, um meine Brille nach oben zu tauchen. Als er an den Beckenrand geschwommen kommt und mir mit einem schelmischen Grinsen meine Brille überreicht, lächle ich ihn dankbar an.

Ben kommt zu mir und nimmt mich an der Hand: »Komm. Jetzt gehen wir rutschen.«

Lachend lasse ich mich mitziehen und höre noch, wie der Bademeister sagt: »Ich habe noch nie eine junge

Frau in so einem hässlichen Badeanzug gesehen.«

Der junge Mann am Beckenrand erklärt: »Sie hat wohl eine Wette verloren und muss so herumlaufen.«

Während Ben immer noch an meiner Hand zerrt, drehe ich mich kurz um. Der verwunderte Blick, den Frank mir nachwirft, zeigt deutlich, dass mein Vorhaben für heute Nachmittag deutlich in die Hose gegangen ist: Ich habe ihn nicht abgeschreckt, eher misstrauisch und neugierig gemacht.

Dann rutsche ich fleißig mit Ben und Tobi, wobei sich nach einiger Zeit auch die jungen Männer vom Sprungturm zu uns gesellen. Anscheinend habe ich sie mit meiner Aktion mehr als erstaunt. Oder ist es die versteckte Haarpracht, die die Jungs so interessant finden? Alle miteinander albern herum, Tobias und Ben mittendrin. Wir haben einen Riesenspaß.

Als ich am Auffangbecken auf Ben und Tobi warte, steht plötzlich Frank neben mir. »Wie wäre es mit einem Eis?«, fragt er mehr Ben und Tobias, die inzwischen auch angekommen sind.

»Au ja!«

Als Frank sich mit ernstem Gesicht an mich wendet, zucke ich zusammen, da ich ihn gerade heimlich von der Seite gemustert habe. »Möchten Sie auch ein Eis?«

»Ja, eine kleine Abkühlung könnte nicht schaden.« Hoffentlich erahnt er den Umfang dieser Aussage nicht einmal im Ansatz.

Ben und Tobi räumen die Rutschreifen auf. Da rauschen die jungen Männer in das Auffangbecken. »Hey Süße, bleib doch noch ein bisschen!«, ruft einer.

Gerade, als ich mich zu ihm umdrehen will, spüre ich Franks Hand auf meinem Rücken, die mich weiterschiebt, und ich höre ihn laut sagen: »Die Dame ist beruflich hier und außerdem redet man so nicht mit einer Ordensschwester.«

»Alles in Ordnung?«, fragt Sandra, die an der Eisdiele auf uns wartet. »Ich habe die Kerle grölen hören!«

»Ja«, sage ich und lasse mich auf den Stuhl fallen. »Ich hoffe bloß, dass Michael mir jetzt keine Strafpredigt hält, weil ich nämlich keine Nonne bin.«

Frank versteht und meint: »Dann können Sie ihn zu mir schicken. Schließlich war ich derjenige, der das behauptet hat.«

»Stimmt! Sie waren es, der gelogen hat.«

Frank schimpft: »Es war einfach peinlich, wie die sich aufgeführt haben. Die haben Sie förmlich mit den Augen ausgezogen. Selbst wenn Sie jetzt keine Nonne mehr sind, so etwas geht einfach nicht.«

Entschlossen greift er nach der Eiskarte vom Nebentisch und vertieft sich darin. Ich klappe meinen offen stehenden Mund zu.

Sandra wirft mir verstohlene Blicke hinter ihrer Speisekarte zu. Plötzlich sagt sie: »Wie wäre es, wenn Ben heute bei uns übernachtet?«

Nein! Ich bin hier der Dschinn und ich alleine mache die Pläne. Dieser Plan gehört absolut nicht zu meinen Ideen.

Doch sie ergänzt ungerührt: »Dann können Sie mit Frank ausgehen.« Jetzt senkt Frank die Speisekarte und starrt erst Sandra und dann mich an.

Ich schlottere am ganzen Körper und Ben fragt mich: »Hast du kein Handtuch?«

Nein. Ich habe kein Handtuch. »Äh, doch, ich gehe es schnell holen«, antworte ich schnell und laufe los. Handtücher sind ja etwas völlig Unverfängliches. Da gibt es nicht weiblich anziehend oder abschreckend. Als ich ein rosafarbenes Handtuch auf einer Liege sehe, blinzele ich mir das identische her. Dann wickele ich mich hinein und setze mich wieder an den Tisch zu den anderen.

Sandra lacht und zeigt auf mein Handtuch. Als ich an mir hinunterblicke, lese ich *Tussi on tour*. Frank grinst und ich lächle verlegen: »Äh, das habe ich einmal geschenkt bekommen …«

»Wir haben dir ein Erdbeereis bestellt«, sagt Ben trocken, der nicht versteht, was los ist.

»Ja, prima!«

Dann führt Frank sein Gespräch mit Sandra fort. »Also wir fahren nachher einfach kurz bei uns vorbei und ich gebe dir die Schlafsachen von Ben mit.«

Was? Kaum muss ich mich um ein Handtuch kümmern, werden hier die Pläne geschmiedet!

Meine Enttäuschung über mein erneutes Versagen wird durch das Erdbeereis sofort ausgeglichen. Ich nehme einen Löffel voll und schließe meine Augen. »Das ist absolut fantastisch! Also das ist Eis? Ich kann es nicht fassen, dass ich das bisher …«

Ich öffne erschrocken die Augen und habe ein schreckliches Déjà-vu. Diesmal starren mich sogar vier verwunderte Augenpaare an und ich bemühe mich, vergnügt und locker zu wirken, als ich fortfahre: »Jedenfalls ist das das beste Eis, das ich je gegessen habe.«

Ben betrachtet sein Eis. »Ich hab das Gleiche. Das schmeckt doch ganz normal: Fabrikeis eben.«

Ich verstecke mich hinter einem Lachen und genieße möglichst heimlich mein Eis, wobei ich hier und da ein wohliges Seufzen nicht unterdrücken kann.

Nach dem Schwimmen zwinkere ich mir in der Umkleidekabine meine strenge Frisur in Form und achte allerdings darauf, dass die Haare noch etwas nass aussehen.

Sandra bringt uns mit dem Auto zurück in die Wohnung. Dort packt Frank schnell ein paar Sachen für Ben zusammen und gibt sie Sandra mit. Als wir dann alleine sind, möchte ich mich möglichst rasch in mein Zimmer verziehen.

»Carolyn, warten Sie bitte einen Moment.«

Verkrampft drehe ich mich auf dem Absatz um und zwinge mich zu einem Lächeln. Frank kratzt sich nervös am Kinn und sieht mir nicht ins Gesicht, als er fragt: »Ich habe Hunger und da dachte ich … vielleicht könnten wir … Sie und ich zum Essen gehen?«

Oh. Nein. Das kann ich nicht machen! »Äh, ja, warum nicht.«

Sichtlich erleichtert kommt Franks Redefluss wieder in Gang: »Ich kenne da ein sehr schönes Lokal, gar nicht weit von hier. Wir könnten zu Fuß hingehen.«

»Ja, von mir aus können wir sofort los.«

Frank mustert mich von oben bis unten. Will er mich bitten, mir etwas anderes anzuziehen? Aber er scheint es sich anders zu überlegen. »In Ordnung, dann gehen wir.«

In dem Lokal werden wir von den anderen Gästen taxiert und mein Aufzug scheint ein amüsanter Gesprächsstoff zu sein. Frank schickt böse Blicke an die anderen Tische. Mir ist es egal, was die anderen über mich denken, aber dass Frank mich in Schutz nimmt, erwärmt mich innerlich so sehr, dass ich mir aus einer spontanen Geste heraus, die Pizza Inferno bestelle. Frank zieht während meiner Bestellung seine Augenbrauen hoch, hält sich aber mit einem Kommentar zurück. Er nimmt eine Pizza mit vier verschiedenen Käsesorten.

Während wir auf das Essen warten, fragt er: »Sie haben den jungen Männern im Schwimmbad erzählt, Sie hätten eine Wette verloren.«

»Äh, ja.«

»Warum?«

Weil es mir peinlich ist, so herumzurennen – wegen Ihnen, würde ich am liebsten sagen. Aber das geht nicht.

Frank lässt nicht locker: »Warum kleiden Sie sich … so?« Mit dem Kinn deutet er dabei auf meine Kleider.

»Was genau meinen Sie denn mit *so*?«

»Sie müssen sich bestimmt nicht verstecken. Sie könnten ganz andere Sachen tragen. Modische Dinge eben.«

»Vielleicht will ich einfach nicht modisch sein«, presse ich hinter zusammengebissenen Zähnen hervor.

Er stört sich überhaupt nicht an meiner aggressiven Stimmung, im Gegenteil, ich habe fast den Eindruck, dass es ihn freut. Deshalb bohrt er weiter: »Haben Sie schlechte Erfahrungen mit Männern gemacht?«

Bevor ich überlegen kann, höre ich mich antworten: »Nein, ich habe überhaupt keine Erfahrung mit Männern.« Ups.

Frank lehnt sich in seinem Stuhl zurück und flüstert: »Ich verstehe.«

Wunderbar. Soeben habe ich mich als Jungfrau geoutet. In seinen Augen bin ich wahrscheinlich eine alte Jungfer.

»Sie haben noch nicht einmal einen Mann geküsst?«, traut er sich zu fragen.

Falls ich nicht wegen meiner letzten Aussage schon rot geworden bin, jetzt bin ich es bestimmt. Ich spüre genau, wie mir eine unbekannte Hitze in die Wangen strömt. »Nein«, antworte ich leise. »Und ich habe auch überhaupt kein Interesse daran, diese Erfahrung zu machen.« Das war gelogen.

Während er seine Ellenbogen auf dem Tisch aufstützt, beugt er sich wieder zu mir. »Wenn Sie selbst für sich diese Erfahrung so abwegig finden, warum möchten Sie dann, dass ich mich mit einer Frau treffe?« Woher weiß er das? »Meinen Sie wirklich, ich habe nicht gemerkt, dass Sie mich mit Sandra zusammenbringen wollen?«

Zum Glück kommt da unsere Pizza und ich lenke ab: »Ah, unser Essen! Wunderbar!«

Peinlich berührt wie ich bin, kann ich Frank nicht

noch länger ins Gesicht sehen. Leider finde ich ihn absolut atemberaubend gutaussehend. Es wird immer schwieriger für mich, über diese Tatsache hinwegzusehen.

Während ich die Pizza schneide, bringt mich Franks nächste Frage fast um den Verstand: »Sie haben wirklich sehr lange Haare, oder?«

Mit verkrampften Fingern schneide ich auf meiner Pizza herum. »Mag sein. Ist mir egal.«

Frank lässt nicht locker. »Ich würde Ihr Haar zu gerne einmal offen sehen, aber Sie verstecken es ja geradezu.«

Ich schlucke das erste Stück Pizza hinunter und bekomme große Augen. Aha. Das hatte also die Ergänzung *Vorsicht: scharf* auf der Speisekarte zu bedeuten. Mein Mund öffnet sich von selbst und verlangt nach Luft.

Amüsiert beobachtet mich Frank. »Schmeckt es Ihnen?«

Immer noch nach Luft japsend, trinke ich einen Schluck und versuche zu nicken. Mein Glas Wasser trinke ich in einem Zug leer. Da der Kellner gerade an uns vorbeigeht, halte ich ihm stumm mein Glas hin.

Frank versteckt ein Grinsen hinter seinen Händen. Ich esse weiter und versuche meinen Mund geschlossen zu halten. So muss sich ein Dampfdrucktopf fühlen, wenn die Ventile geschlossen sind. Ich stehe dermaßen unter Druck, dass ich kurzerhand einfach nach Franks Trinkglas greife und trinke. Er nimmt dies ohne Kommentar hin und bestellt sich auch noch etwas, als mein neues Wasser geliefert wird.

Mir ist so unerträglich heiß, dass ich einfach den grauen Pullunder ausziehe, sehr vorsichtig natürlich, damit meine Frisur sich nicht löst. Leider habe ich vergessen, dass ich die aufreizende schwarze Unterwäsche trage. Die weiße Bluse ist alles andere als blickdicht, noch dazu habe ich die oberen Knöpfe offen gelassen, da ich mich mit dem Pullunder eh schon ziemlich eingeengt gefühlt habe. Erst nach einiger Zeit bemerke ich Franks Blick in meinen Ausschnitt und zupfe verlegen an der Bluse. Als ich an mir hinuntersehe, hauche ich nur »Oh« und greife nach dem Pullunder.

»Bitte«, murmelt Frank leise, »wegen mir brauchen Sie das olle Ding nicht anzuziehen.« Auf einmal komme ich mir ziemlich kindisch vor. »Sie sehen toll aus, so ohne diesen Pullunder.«

Da würde ich mir am liebsten eine Ritterrüstung samt Keuschheitsgürtel überblinzeln. Aber andererseits habe ich noch nie so ein Kompliment bekommen. Frank langt über den Tisch und ich bin kurz davor zurückzuzucken, als er mir eine lose Haarsträhne hinter mein Ohr streift.

Nach der Hälfte der Pizza bin ich satt und gebe auf. Meine Lippen und mein Mundraum brennen so, wie ich mir das Höllenfeuer vorstelle. Meine Lippen fühlen sich an wie Schlauchboote und als Frank fragt, ob er ein Stück meiner Pizza probieren kann, nicke ich begeistert.

Er probiert ein kleines Stück und bekommt große Augen und einen Hustenanfall. Ich lache laut los und schaffe es einfach nicht mehr, mich zu beruhigen. So etwas ist mir noch nie passiert. Das ganze Lokal schaut zu unserem Tisch. Frank trinkt einen Schluck und stimmt in mein Lachen ein. Er hustet und lacht und streicht sich Tränen aus den Augen.

Auf dem Nachhauseweg ist Frank wieder ernst und ruhig. Zwischen seinen Augenbrauen hat sich eine tiefe Falte gebildet. Meinen grauen Pullunder halte ich in den Händen, da ich es nicht über mich gebracht habe, das hässliche Ding wieder anzuziehen.

In der Wohnung gehe ich gleich in mein Zimmer. Kurze Zeit später klopft Frank zaghaft an meiner Tür und fragt, ob ich mit ihm einen Krimi im Fernsehen anschauen und ein Glas Wein trinken möchte.

»Warum nicht?«, antworte ich, obwohl mir auf Anhieb einige Gründe einfallen würden, warum ich genau dies nicht tun sollte. Mit meinem hüftbetonten Rock und der durchsichtigen Bluse setze ich mich neben ihn auf die Couch und nippe immer wieder an dem Wein. Leider kommt es in diesem Film zu einer ziemlich, sagen wir einmal, ausführlichen Liebesszene und ich ertappe mich dabei, wie ich hart schlucken muss, während ich mir auf die Unterlippe beiße. Unruhig rutsche ich auf dem Sofa herum und als mein Blick kurz zu Frank huscht, bemerke ich, dass er nicht die Liebesszene im Fernsehen, sondern mich beobachtet.

Hastig springe ich auf: »Ich sollte jetzt ins Bett gehen.« Mein anschließendes Gähnen ist etwas zu theatralisch. »Ich bin müde. Danke für den schönen Abend und die Einladung zum Essen!«

Ich gehe an ihm vorbei und er steht ebenfalls auf. Er legt seine Hand auf meinen Oberarm und ich erstarre zu einer Salzsäule, während seine Hand langsam nach oben streicht. »Mir hat es wirklich sehr gut getan, mit Ihnen unterwegs zu sein. Sie sind so … anders. Es war wirklich ein schöner Abend.«

Obwohl mein Kopf vor seiner Hand zurückweicht, berührt er ganz kurz und zart mit den Fingerspitzen die Haut unterhalb meines Halses. Ich erschaudere und bekomme eine Gänsehaut.

Bewusst weiche ich seinem Blick aus und flüchte in mein Zimmer. »Gute Nacht«, ruft Frank mir noch nach. Aber ich bin nicht mehr in der Lage, darauf zu antworten.

Lange kann ich nicht einschlafen, da mir viele Gedanken durch den Kopf schwirren. Am schlimmsten finde ich meinen Zustand der körperlichen Erregung und die absurde Idee, dass keine fünf Meter von mir entfernt der Mann liegt, der diesen Zustand bei mir verursacht. Ich hätte nicht übel Lust, einfach zu ihm zu gehen und ihn anzuschreien, dass er damit aufhören oder etwas dagegen unternehmen soll. So kann ich nicht arbeiten.

Kapitel 5

Am nächsten Morgen verschlafe ich hoffnungslos. Instinktiv weiß ich, dass ich alleine in der Wohnung bin. Deshalb torkele ich in meinem rosafarbenen Nachthemd aus meinem Zimmer und sehe sofort den Zettel, den Frank mir auf den Küchentisch gelegt hat. »Hole Ben ab und dann gibt es Frühstück.«

Sogar seine Handschrift ist sexy! Ich schüttle rasch den Kopf, um diese dämlichen Gedanken zu vertreiben.

Stattdessen blinzele ich mich unsichtbar an Franks Seite. Dabei bleibe ich gleich in dem Nachthemd, weil ich in unsichtbarem Zustand sowieso gegen jede Witterung immun bin. Frank ist bereits bei Sandra und Tobi angekommen und ich erscheine gerade in dem Moment, als Ben freudig erzählt: »Papa, wir haben *Aladdin* anschauen dürfen.«

»Schön«, sagt Frank.

Als Ben mit Tobi davonläuft, um seine Sachen zu holen, flüstert Sandra: »Falls Ben etwas erzählt. Die beiden haben sich da gestern in etwas hineingesteigert. Ben hat behauptet, dieser Flaschengeist habe die gleichen Armbänder wie Carolyn an und Tobi ist sofort darauf eingestiegen. Ehrlich gesagt, ich muss den beiden fast zustimmen, habe mich aber natürlich zurückgehalten. Was sind denn das für Dinger?«

»Keine Ahnung.« Frank zuckt mit den Schultern und ich mache einen kurzen gedanklichen Ausflug in den *Aladdin*-Film. Ich gebe zu, dass meine Armbänder so ähnlich aussehen, auch wenn sie wesentlich schmaler sind.

Ich verfolge den gesamten Nachhauseweg von Ben und Frank und glaube meinen Augen nicht zu trauen, als ich Desiree vor unserem Haus stehen sehe. Mit einer Tüte vom Bäcker in den Händen scheint sie auf Frank zu warten. Eigentlich müsste mich das jetzt erfreuen, tut es aber nicht.

»Desiree? Was machst du denn hier?«, fragt Frank und Desiree lächelt schüchtern: »Naja, ich dachte, ihr zwei seid vielleicht ganz alleine und hättet an so einem Sonntagmorgen gerne etwas Gesellschaft.«

Halt dich zurück, befehle ich mir. Lass den Dingen ihren Lauf! Das ist gut. Wie ein Mantra bete ich diesen Gedanken vor mich hin und zwinge mich, ruhig zu bleiben. Schnell blinzele ich mich in die Wohnung und hinterlasse Frank eine Nachricht. Dann bleibe ich einfach unsichtbar, während Frank zusammen mit Ben und Desiree die Wohnung betritt.

»Carolyn!«, ruft Ben fröhlich und klopft an meine Zimmertür.

Frank hat inzwischen meine Nachricht gefunden. »Sie ist nicht da, Ben. Sie schreibt, sie hätte einen Notfall und müsse sich darum kümmern.«

»Schade!«, meint Desiree. »Ich hätte sie gerne kennengelernt.« So traurig klingt sie gar nicht.

»Sie ist ein Flaschengeist.« Wegen dieser Bemerkung aus Bens Mund bleibt mir fast das Herz stehen.

Frank erklärt: »Er hat gestern mit seinem Freund

Aladdin angeschaut und jetzt bildet er sich ein, dass unsere Carolyn magische Kräfte hat, weil sie so ähnliche Armreifen trägt.«

Desiree klappert mit ihren Armreifen und meint: »Ich trage auch Armreifen.«

»Die sind ganz anders«, bockt Ben und verschränkt die Arme. »Carolyn kann zaubern.«

Frank seufzt. Wahrscheinlich steht mir eine Strafpredigt bevor, wenn ich zurückkomme. Schließlich scheine ich seinem Sohn eine ganze Reihe unerwünschter Ideen in den Kopf gesetzt zu haben.

Es ist an der Zeit, dass ich meine Arbeit tue. Weil ich aber nicht dazu in der Lage bin, weiterhin aktiv etwas zu einer romantischen Entwicklung zwischen Frank und Desiree beizutragen, ziehe ich mich in meine Wabe zurück. Dort versuche ich, auf meiner bananenförmigen Liege zur Ruhe zu kommen. Mit geschlossenen Augen sinniere ich vor mich hin, als ich ein strenges Räuspern vernehme. Ich fahre erschrocken hoch und reiße die Augen auf.

Der Oberdschinn steht in meiner Wabe. Sein Blick ist nicht auf mein Gesicht gerichtet, was ich bei ihm noch nie erlebt habe. Er betrachtet erst meine Haare und dann, sagen wir einmal, meinen Bauch. Oh weh! Ich trage noch immer das rosa Nachthemd, das allerdings von meinem Haar fast ganz verdeckt wird.

Schnell blinzele ich mich in einen Zustand, der dem Oberdschinn besser gefallen dürfte. Zufrieden nickt er langsam, aber an den kleinen Fältchen um seine Augen kann ich erkennen, dass er amüsiert ist.

Mein Gesicht will sich gerade zu einem Lächeln entspannen, da verschwinden die Lachfältchen des Dschinns plötzlich und er streichelt seinen Bart. »Ich bin sehr stolz auf Sie, Carolyn.«

Mein Mund klappt auf. Er geht in meiner Wabe hin und her und redet weiter: »Dennoch, Sie sind immer noch so weit davon entfernt, Ihr Ziel zu erreichen, dass ich mich frage, ob es überhaupt noch Ihr Ziel ist, den Vater mit einer anderen Frau glücklich zu machen.«

Ich muss mich räuspern, bevor ich antworten kann: »Ich versuche es, Oberdschinn. Aber es ist schwieriger, als ich dachte.«

»Sie haben Ihre Rechnung ohne den Vater gemacht«, bemerkt der Dschinn und über meinem Kopf geht ein geistiges Fragezeichen auf. »Ich habe mir erlaubt, in seinen Gedanken zu verweilen und leider muss ich Ihnen mitteilen, dass er auf dem besten Wege ist, sich in Sie zu verlieben.«

Ein Lächeln huscht über mein Gesicht, das ich nicht steuern kann.

»Carolyn!«, knurrt der Dschinn und ich erstarre – leider immer noch lächelnd. »Beherrschen Sie sich!«

Ich mache ein ernstes Gesicht. Er wird etwas laut, während er mir seine Schlussfolgerungen näherbringt: »Gerade durch Ihr asexuelles Verhalten, Ihre altmodische Kleidung und Ihre Unschuld haben Sie auf sich aufmerksam gemacht. Sie haben kein Interesse an ihm als Mann gezeigt. Deshalb fing er an, sich für Sie zu interessieren. Er sieht, dass Sie sich gut mit Ben verstehen, und weil Ben Sie auch mag, sieht er sich in seinen Gefühlen für Sie bestätigt. Was werden Sie dagegen tun, Carolyn?«

»Ich weiß es nicht«, seufze ich. »Ich mag ihn auch, ehrlich gesagt. Ich meine Ben und Frank, ich mag beide.«

»Zeigen Sie ihm, dass Sie auch nicht anders sind als die anderen Frauen!«

Ob das die richtige Strategie ist, um mir Frank vom Hals zu halten? Aber eigentlich will ich das ohnehin nicht mehr. Und wenn ich mich mit dem Segen des Oberdschinns weiblicher kleiden darf, dann ist das sozusagen ein Befehl, den ich nicht missachten darf.

»Carolyn!«, fährt mich der Oberdschinn an und ich befürchte, er hat mal wieder in meinen Gedanken gestöbert. »Gehen Sie los und erfüllen Sie den Wunsch!« Sein Zeigefinger deutet auf die Blase, die immer noch beharrlich in dem Gefäß wartet.

Dann verlässt er meine Wabe und ich blinzele mich zurück nach Frankfurt.

Vorerst werde ich das hässliche Entlein bleiben, weil ich mich nicht traue, Frank anders unter die Augen zu treten. Ein weiter, langer Rock mit riesigen Rosen darauf und eine dicke altrosafarbene Leinenbluse mit langen Puffärmeln erscheint mir im Moment mehr als angemessen. Bei meiner Frisur entscheide ich mich aber gegen das bewährte Haarnetz und lasse meine Haare geflochten um meinen Kopf wandern. Das sieht richtig toll aus.

Trotzdem gehe ich nur zögernd die Stufen zur Wohnung hinauf. Meine letzte Begegnung mit Frank war schließlich die erotischste Begegnung meines Lebens. Ich drücke auf die Klingel, obwohl ich einen Schlüssel habe.

Ben öffnet mir die Tür und grinst breit: »Hallo!«

»Hallo, Ben, wie war es bei Tobi?«

»Super«, sagt er nur und zieht mich in die Richtung seines Zimmers.

Frank kommt aus der Küche und fragt: »Ist alles in Ordnung? Ich war besorgt, weil Sie etwas von einem Notfall geschrieben haben.« Sein Blick streift mein Outfit, das wirklich ein neuer Höhepunkt des schlechten Geschmacks ist.

»Kein Grund zur Sorge! Es ist alles wieder in Ordnung. Mein Chef wollte mich dringend sprechen, aber jetzt ist alles geklärt.« Wenigstens muss ich nicht zu viel lügen.

Da erscheint Desiree hinter Frank und die Art, wie sie mich ansieht, macht mir klar, dass sie nicht die richtige Frau für Frank ist. Obwohl sie mich überhaupt nicht kennt, bin ich bei ihr schon unten durch. Sie beurteilt mich rein nach meinem Äußeren und das hat Frank nicht getan.

»Sie müssen Carolyn sein«, sagt sie spitz und macht keine Anstalten mir die Hand zu reichen.

»Ja, und Sie sind …?«, frage ich locker.

»Das ist Desiree, eine Freundin meiner Frau«, erklärt Frank und ich merke, wie sehr Desiree diese Vorstellung sauer aufstößt.

»Komm mit!« Ben zerrt an meiner Hand und ich lasse mich bereitwillig von ihm mitziehen. Zusammen bauen wir eine Schatzhöhle aus Lego und Ben berichtet mir ausführlich von dem *Aladdin*-Film, den er gesehen hat. Immer wieder fällt sein Blick auf meine Armreifen, aber er scheint sich nicht zu trauen, seine Vermutungen darüber zu äußern.

Wir vertreiben uns die Zeit und irgendwann bemerke ich, dass Desiree in der Tür steht. Ben und ich sehen sie überrascht an. Milde belächelt sie unser gemeinsames Spiel und säuselt: »Ich wollte mich nur verabschieden. Auf Wiedersehen.«

»Tschüss!«, rufen Ben und ich wie aus einem Mund.

Als sie gegangen ist, sagt Ben: »Sie mag mich nicht.«

»Aber Ben, wie kommst du denn da drauf?«

Er zuckt mit den Schultern und ich beschließe nicht nachzuhaken.

Frank gesellt sich zu uns und wir spielen zu dritt. Das Mittagessen übernimmt ein Lieferservice und der Rest des Tages vergeht wie im Fluge. Am Nachmittag machen wir einen gemeinsamen Spaziergang. Nach dem Abendessen ziehe ich mich zeitig in mein Zimmer zurück und schlafe bald in meinem rosafarbenen Traum aus Seide ein.

Am nächsten Morgen erwache ich, weil jemand leise gezischt hat: »Ben, komm da raus.«

Während ich hinter meinen geschlossenen Augen in die Wirklichkeit zurückkehre, traue ich mich nicht, die Augen zu öffnen. Ich liege auf dem Rücken, mein Oberkörper ist nicht zugedeckt. Meine Arme sind über meinem Kopf ausgestreckt und mein Haar ist offen. Für kurzfristige Zaubereien ist es jetzt zu spät.

Ich höre, wie Ben flüstert: »Schau mal, Papa, was sie für lange Haare hat!«

Franks Stimme kommt näher, »Ben, jetzt mach, dass du aus ihrem Zimmer kommst.«

Das Geräusch von Schritten kommt näher und jetzt höre ich Franks Stimme deutlich: »Raus jetzt!« Dann atmet Frank laut vernehmlich ein.

Ich öffne meine Augen erst, als ich sicher bin, dass alle beide das Zimmer verlassen haben. Mit Schrecken stelle ich fest, dass mein Nachthemd seitlich verschoben ist. Meine rechte Brust ist fast unbedeckt. Ganz großes Kino. Wunderbar. Perfekt. Frustriert ziehe ich das Nachthemd in Form, während ich über die zweite Katastrophe nachdenke. Meine Haare! Es hat aber auch etwas Gutes. Wenigstens muss ich mir in Zukunft keine langweiligen Frisuren mehr verpassen.

Unsichtbar blinzele ich mich durch die Wohnung. Ben ist noch einmal in sein Bett gekrochen und Frank ist im Badezimmer. Ich setze mich zu ihm hinein und beobachte ihn. Das steht mir nur zu, schließlich hat er soeben auch meine Privatsphäre verletzt. Als Frank sich seinen Schlafanzug vom Körper streift, halte ich mir dennoch meine Hände vor das Gesicht. Meine Finger lassen aber zwei Lücken, durch die ich problemlos alles sehen kann. Und ich meine wirklich alles. Er geht in die Dusche und nachdem ich mich satt gesehen habe, schweifen meine Gedanken ab. Wie soll ich ihm nur jemals unter die Augen treten, nachdem er mich fast nackt gesehen hat? Und ich ihn! Vor allen Dingen weiß er jetzt, dass ich mich in der Nacht keineswegs so unscheinbar kleide wie tagsüber. Oder weiß er das schon, seit er durch meine durchsichtige Bluse gegafft hat?

Die Realität holt mich irgendwann zurück und ich werfe wieder einen Blick auf diesen knackigen Po, der mir aus der Dusche entgegenschaut. Was macht Frank denn da? Oh. Vielleicht sollte ich da jetzt nicht hinsehen, aber …

Seine Hand hat seinen Penis fest im Griff. Mit schnellen Bewegungen schiebt er die Haut seines Penis auf und ab. Ich bin hier völlig deplatziert. Allerdings kann ich mich von diesem faszinierenden Vorgang auch nicht losreißen. Fast schon schamlos beobachte ich Frank, als mir eine fatale Idee in den Kopf schießt: Wenn ich wüsste, welche Phantasien ihn antreiben, dann könnte ich leichter die passende Frau für ihn finden, oder? Klingt logisch, absolut plausibel und für jeden nachvollziehbar.

Ehe ich mich selbst einbremsen kann, hacke ich mich in seine Gedanken und erstarre. Denn das, was ich da zu sehen bekomme, hätte ich niemals erwartet. Ich sehe … mich. Er denkt an mich, wenn er sich selbst befriedigt? Soll ich mich darüber freuen? Fassungslos sehe ich mich in seinem Kopf, wie ich halbnackt in meinem Bett liege mit unglaublich schönem Haar, das so verteilt ist, als hätte es jemand extra in Position gelegt.

Schnell klinke ich mich aus dem Geschehen aus

und blinzele mich in Bens Zimmer. Wo ist Ben? Er ist nicht in seinem Bett.

Ich bin inzwischen für jedermann sichtbar und rufe: »Ben?«

Keine Antwort. Da sehe ich Ben auf das Badezimmer zuschlurfen. Gerade, als er die Klinke der Badezimmertür herunterdrücken will, fasse ich ihn an den Schultern und halte ihn zurück. »Ben, da bist du ja!«

Ben erschrickt. »Ich kann nicht mehr schlafen«, flüstert er mit rauer Stimme. Er dreht sich zu mir um und lächelt verzückt, weil er zum ersten Mal mein langes Haar berühren kann. Ein paar Mal streift er versonnen über eine lange Strähne. Das erinnert mich an den Oberdschinn, der sich selbst immer so durch seinen Bart fährt.

Wir stehen wohl schon eine ganze Weile so da, als Frank die Badezimmertür aufreißt. Erschrocken richte ich mich auf und starre auf das Handtuch, das er um die Hüften gebunden hat. Er scheint ebenfalls überrascht.

»Äh, ich ziehe mir schnell etwas an«, hauche ich und will davonhuschen.

»Warten Sie!«, ruft Frank und kommt mir nach. Jetzt findet seine Hand ebenfalls mein Haar. Während Ben immer noch den unteren Teil meiner Haare befühlt, fährt Frank ein paar Strähnen in der Nähe meines Gesichtes nach. Er schluckt und raunt: »Das ist wirklich wunderschön. So etwas habe ich noch nie in natura gesehen.« Ein Pferd im Streichelzoo muss sich so ähnlich fühlen wie ich mich jetzt. »Sie sind wirklich eine ganz Hübsche«, ergänzt Frank nach Kurzem.

Eilig fliehe ich in mein Zimmer und überlege fieberhaft, wie ich mich anziehen soll. Ich entscheide mich für eine geflochtene Frisur, allerdings so, dass alle Haare am Kopf verstaut sind. Dann blinzele ich mich in sexy Unterwäsche und bleibe bei unattraktiver Oberbekleidung. Und weil ich mich dabei so beschissen fühle, fällt meine Farbauswahl heute auf braun. Über ein enges schwarzes Top ziehe ich einen furchtbar ausgeleierten, grobmaschigen Wollpullover. Dazu eine dunkelbraune Leinenhose, die ebenfalls weit um meine Beine schlabbert.

Als ich so die Küche betrete, wo Frank bereits seinen Kaffee trinkt, verschluckt er sich fast an seinem Kaffee. Dann steht er auf.

»Kommen Sie doch einmal mit«, sagt er und zieht mich an der Hand in sein Schlafzimmer. Dort öffnet er die Türen seines Kleiderschrankes. »Hier, das ist alles von meiner Frau. Sie hatte wahrscheinlich eine ähnliche Figur wie Sie. Bitte bedienen Sie sich.«

»Nein«, sage ich ernst und er sieht mich einen Moment verwirrt an.

Ich betone deshalb: »Das ist nicht richtig. Ich werde auf keinen Fall die Sachen Ihrer Frau anziehen.«

Er begreift und sackt ein Stück zusammen: »Klar, natürlich. Entschuldigen Sie.«

Weil er das Zimmer hastig verlässt, schließe ich die Schranktüren. Ziemlich geknickt sitzt er am Tisch und umklammert seine Tasse, als ich zu ihm in die Küche komme. Ich richte das Frühstück für Ben her und als ich an ihm vorbeigehe, sage ich scherzhaft: »Ich weiß, dass ich aussehe, als hätte ich die Sachen aus einer Altkleiderkammer, aber das macht mir nichts aus. Ich habe auch nicht grundsätzlich etwas gegen die Kleidung Ihrer Frau. Aber das wäre Ben gegenüber nicht gut.«

Ben kommt hinzu und ich helfe ihm mit seinen Cornflakes und der Milch, damit er nicht die ganze Schüssel füllt, obwohl er nur die Hälfte schafft.

Frank steht auf und sieht auf die Uhr. »Ich muss los.«

Er greift nach seiner Tasche und seinem Mantel. Als er Ben einen Kuss auf die Wange gedrückt hat, ist er anscheinend immer noch so in Gedanken, dass er einen Moment lang auf mich zukommt. Es scheint fast so, als wolle er mich auch umarmen. Aber ich weiche zurück und er hält im selben Moment inne. Seine Augen kneifen sich kurz zusammen und er schüttelt ungläubig den Kopf, bevor er hinausläuft.

Kurze Zeit später muss Ben zur Schule los und ich sitze in meinem Fiasko, das ich mir selbst eingebrockt habe. Ich blinzele den Haushalt sauber und statte unsichtbar Desiree einen Besuch ab.

Sie ist Chefin einer Boutique und ich will einfach eine Zeitlang in ihrer Nähe sein, um sie besser kennenzulernen. Als ich erscheine, schwärmt sie gerade ihrer Mitarbeiterin von Frank vor: »Ich muss schon sagen. Er sieht noch besser aus als früher. Es ist ein Jammer, dass wir Frauen mit den Falten immer hässlicher werden, während die Männer eindeutig attraktiver werden. Was soll ich sagen? Er ist eine gute Partie und ich bilde mir ein, dass es schon immer zwischen uns gefunkt hat. Wäre er nicht der Mann meiner besten Freundin gewesen, dann hätte ich mich nicht so zurückgehalten.«

»Wo ist dann der Haken an der Sache?«, fragt die Mitarbeiterin.

»Das Kind. Ich will einen Mann mit Zukunft, nicht mit Vergangenheit.«

Meine Kinnlade klappt auf. Ben hat wirklich ein ganz feines Gespür, das muss ich ihm lassen.

Desiree fährt fort: »Aber da fällt mir schon noch etwas ein.«

Das reicht.

Ich blinzele mich zu Frank und bin so verzweifelt, dass ich Sibylle noch einmal auf ihn ansetze will. Aber dazu muss ich mir etwas einfallen lassen.

Der erste Termin des Tages ist für Frank bereits vorbei. Die Leute verlassen gerade sein Büro. Sibylle hat eine Menge Papier in der Hand und nähert sich seinem Zimmer.

Aufgeregt eile ich neben ihr her und rufe: »Sibylle, deine Chance! Du magst ihn doch. Komm, leg dich etwas ins Zeug! Du schaffst das.«

Ich blinzele mich zu Frank und gerade als Sibylle seinen Weg kreuzt, stelle ich ihr ein Bein. Ganz Gentleman, reagiert Frank prompt und fängt sie auf. Vielleicht habe ich auch etwas nachgeholfen und sie in seine Arme geschubst. Jedenfalls umschlingt er sie und Sibylle lässt es sich gefallen.

»Holla«, ruft Frank und stellt Sibylle wieder auf die Beine. Die Blätter segeln teilweise immer noch durch den Raum, als ich Sibylle ins Ohr hauche: »Mach schon. Zeig ihm, dass du ihn toll findest.«

»Frank«, stammelt sie tatsächlich. Er lässt sie sofort los.

»Alles klar? Du bist doch nicht auf den Kopf gefallen, oder?« Mein Gott, sie himmelt ihn an und er macht sich lustig über sie!

Ich schreie schon fast: »Sibylle, küss ihn.«

Und sie tut es. Sie küsst ihn einfach, aber er drückt sie sofort ganz energisch von sich weg, schmiert sich sogar mit der Hand über seinen Mund. »Sibylle, was ist denn in dich gefahren?«

Um die Situation zu retten, hauche ich in sein Ohr: »Sei nicht böse. Sie ist Single und findet dich toll. Du solltest geschmeichelt sein. Komm, sei nicht so.«

Tatsächlich räuspert sich Frank und brummt: »Entschuldige Sibylle, ich finde es wirklich schmeichelhaft, dass du dich für mich interessierst. Aber ich kann das nicht erwidern. Ich wünschte, ich könnte dir sagen, dass ich noch nicht bereit für eine neue Beziehung bin, aber das wäre gelogen. Du bist einfach nicht mein Typ.«

»Was?«, schreie ich lautlos in die Runde.

Sibylle versucht ein Lächeln: »Schon gut. Ich weiß wirklich nicht, was ich mir dabei gedacht habe. Tut mir echt leid.«

Schon bückt sie sich, um das Papier vom Boden aufzuheben, und Frank hilft ihr dabei. Ich kann es ihr ansehen, dass sie nicht glücklich ist, als sie den Raum verlässt. Arme Sibylle! Ich werde sie von jetzt an in Ruhe lassen.

Frank setzt sich an seinen Schreibtisch und betrachtet das Familienfoto. Als er über die Gesichtszüge seiner Frau streicht, ist sein Gesichtsausdruck diesmal eher zärtlich und warmherzig. Dann greift er zum Telefon und das Klingeln in meiner Tasche schreckt mich auf. Er ruft mich an? Gut, dass er mich weder sehen noch hören kann. Ich nehme den Anruf entgegen und gehe zu ihm an den Schreibtisch.

»Carolyn?«, sagt er, weil ich nichts sage.

»Frank, sind Sie das?«, frage ich unschuldig, obwohl ich keinen halben Meter von ihm entfernt bin.

»Ja.«

»Ist etwas passiert?«

»Nicht direkt. Ich musste gerade an Sie denken«, raunt er ins Telefon und ich sauge mich an seinem Gesicht fest. Er lächelt leicht und ich lächle zurück.

»Warum? Haben Sie einen Altkleidercontainer gesehen?«

Er lacht. Das ist Musik in meinen Ohren.

Frank lächelt immer noch, als er versucht, ganz locker zu bleiben. »Ich dachte, wenn Sie irgendwann untertags einmal Zeit haben, dann kommen Sie mich doch in der Arbeit besuchen. Ich würde Sie gerne meinen Kollegen und Mitarbeitern vorstellen. Und für einen Kaffee mit Ihnen nehme ich mir dann einfach die Zeit.«

Wow. Das ist eine Verabredung, oder? »Mal sehen. Wenn ich Ben mitbringen kann?«

»Wären Sie mir sehr böse, wenn ich Sie darum bitte, nicht in diesem braunen Outfit zu kommen?«

Ich gehe ganz nah an sein Gesicht und nehme jede Zuckung, jede Bewegung in mich auf, bevor ich frage: »Wie soll ich denn dann kommen?« Ich erschrecke über meine lüsterne Stimme.

Er stutzt, lässt sich aber an der Stimme nichts anmerken: »Kaufen Sie sich etwas Schönes. Ich gebe es aus. Wissen Sie, Desiree hat eine Boutique und da …«

»Tut mir leid, aber ich werde keine Zeit haben«, erwidere ich knapp und lege auf.

Nein. Warum habe ich aufgelegt? Das war eine maßlose Überreaktion. So kenne ich mich gar nicht. Ich beobachte Frank, der tatsächlich verwundert in sein Telefon schaut und verschiedene Knöpfe drückt. Schließlich wendet er sich kopfschüttelnd seiner Arbeit zu.

Ich kehre in die Wohnung zurück und warte auf Ben, indem ich mich mit einer Packung Eis vor den Fernseher setze.

Beim Mittagessen berichtet Ben: »Am nächsten Freitagvormittag haben wir in der Schule ein Adventsfest. Alle Eltern sind eingeladen. Kommst du?«

»Aber natürlich, Ben. Ich freue mich, dass du mich einlädst.«

»Äh, ich wollte dich fragen …«, stottert Ben. Ich sehe ihn mit großen Augen und schief gelegtem Kopf an und er flüstert ganz leise: »Könntest du wie eine Mama aussehen?«

Auweia, jetzt fängt sogar schon der kleine Ben an, meine Bekleidung zu kritisieren. »Wie sieht denn eine Mama aus?«, frage ich ihn kurzerhand, um ihm aus der Verlegenheit zu helfen.

»Nicht so wie du.« Aha.

»Ich sehe aus wie eine Oma, oder?« Ben wiegt verlegen den Kopf und ich frage: »Kommt dein Papa auch?«

»Der muss doch immer arbeiten«, seufzt Ben.

Da formuliere ich meinen Plan: »Ben, ich verspreche dir, ich werde die coolste Frau der ganzen Schule sein. Du wirst mich nicht wiedererkennen.«

Hochzufrieden schaut er mich an und isst mit viel Appetit.

Da Ben am Küchentisch seine Hausaufgaben macht, muss ich das Geschirr tatsächlich per Hand einräumen und dann kämpfe ich eine halbe Ewigkeit mit der Geschirrspülmaschine. Ben braucht für die Hausaufgaben viel länger als gewöhnlich, weil er mich bei meinen tollpatschigen Bemühungen beobachtet.

Am Nachmittag kommt Tobias zum Spielen vorbei und ich nehme den Staubsauger, um die staubfreie Wohnung zu erkunden.

Als Frank eintrifft, bin ich völlig verschwitzt und erschöpft, weil ich mich körperlich dermaßen verausgabt habe. Er sieht mich unsicher an und natürlich fällt mir sofort wieder ein, dass ich das Telefonat unhöflich beendet habe.

Ben und Tobias springen herbei und lenken seine Aufmerksamkeit auf die neu gebaute Legostation. Frank verschwindet im Kinderzimmer und ich stecke den Staubsauger aus, während ich immer noch schnaufe wie ein Walross. Wie rollt sich bloß dieses Kabel auf? Verstohlen drehe ich den Staubsauger hin und her. Ich suche eine Taste. Es muss doch eine Taste geben, oder? Da kommt Frank bereits zurück.

»Was machen Sie denn da?«

»Öhm, irgendwie habe ich vergessen, wie das Kabel wieder zurückgeht.«

Frank beugt sich zu mir hinunter, zieht einmal kräftig an dem Kabel und dieses rast in einem so schnellen Tempo zurück in den Staubsauger, dass ich erschrocken aufspringe und schreie. Frank verschränkt die Arme und lächelt amüsiert. »Im Kloster hattet ihr wahrscheinlich ältere Modelle.«

»Schaufel und Besen«, bestätige ich ernst mit einem Nicken.

»Setzen Sie sich kurz. Sie sehen aus, als könnten Sie eine Pause vertragen.«

Gern lasse ich mich auf die Couch plumpsen. Frank setzt sich zu mir und fackelt nicht lange: »Was habe ich falsch gemacht?«

»Gar nichts.« Die Antwort kam zu schnell.

»Carolyn, ich bin nicht von gestern. Ich wollte Ihnen und Ihrem sicherlich mit Liebe gekauften Outfit nicht zu nahe treten. Die Einladung zu mir ins Büro gilt natürlich trotzdem noch, auch wenn Sie als Kartoffelsack verkleidet erscheinen wollen.«

»Vielen Dank!«, blaffe ich ihn an.

»Warum wollen Sie sich die Boutique von Desiree nicht wenigstens einmal ansehen?«

»Hören Sie mir mit dieser Desiree auf!« Ups. Habe ich das eben etwa laut gesagt?

»Da liegt also der Hammer begraben. Was ist Ihr Problem mit Desiree?«

Wieso lächelt er denn jetzt? Das ist überhaupt nicht lustig. Ich fühle mich wie in dieser Supervisionsrunde. »Ich habe kein Problem mit Desiree.« Schon die Art, wie ich das sage, belehrt jeden Amateur eines Besseren.

»Sie sind doch nicht eifersüchtig, oder?«

Jetzt platze ich: »Sie brauchen gar nicht so selbstgefällig zu grinsen. Eifersucht ist ein Fremdwort für mich. Ich weiß gar nicht, was das ist. Mir geht es einzig und alleine um Ben. Genau! Darum bin ich hier und deshalb gehe ich jetzt auch und sehe nach, was Ben und Tobi machen.«

Ich stehe auf und störe zwei friedlich spielende Kinder, die mir zwar mit Begeisterung ihr Bauwerk zeigen, mich dann aber auch gerne wieder loswerden wollen.

Als ich das Kinderzimmer verlasse, raschelt etwas in Franks Schlafzimmer. Weil die Tür offen steht, riskiere ich einen Blick und traue meinen Augen nicht. Er packt die Kleidung seiner Frau in Tüten. »Sie können mir gerne helfen«, ruft er, als er mich bemerkt hat.

Da klingelt es an der Tür und Frank geht an mir vorbei, um Sandra hereinzulassen, die Tobias abholen kommt.

Ich setze mich auf Franks Bett und sehe mir die vielen schönen Anziehsachen an. Es dauert eine Weile, bis Frank zurückkommt. Ben darf fernsehen und Frank packt weiterhin die Sachen ein. Ein rotes Top wandert mehrfach durch seine Hände, landet aber nie in der Tüte.

»Was ist mit dem Top?«

Er hält es vor sich in die Höhe. »Sie mochte es gerne. Es erinnert mich an unsere Urlaube. Sie trug es gerne am Strand«, raunt er verträumt. Dann stopft er es doch in die Tüte.

Irgendwie geht es so weiter. Er nimmt jedes Stück und erzählt mir eine Geschichte dazu. Manchmal sagt er auch: »Das hatte sie nie an. Keine Ahnung, warum sie es überhaupt gekauft hat.« Er lacht zwischendurch, aber einige Tränen rinnen seine Wangen hinunter und ich kann es einfach nicht ignorieren. Ich betrachte ihn mit großen Augen und er schmiert sich verlegen mit den Händen übers Gesicht.

Da sage ich leise: »Nein, ist schon in Ordnung. Sie brauchen sich vor mir nicht zu schämen. Es ist ein erneutes Abschiednehmen und da ist es völlig normal, dass Sie etwas fühlen.«

Meine Finger strecken sich automatisch nach seiner Wange aus und fangen eine Träne auf. Dann sehe ich mir den Tropfen sehr genau an, bevor ich ihn auf meinem Finger verstreiche.

Frank holt mich in die Realität zurück: »Waren Sie schon bei vielen Familien?«

»Ich kann Ihnen keine Zahl nennen, aber es waren eine Menge, ja.«

»Wie lange … ich meine, wann werden Sie von Ihrem Verein wieder abgezogen?«

»Ich bleibe so lange, wie Sie und Ben mich brauchen. Aber ich muss gehen, irgendwann.«

Frank wühlt wieder in den Sachen und zieht ein seidenes Nachthemd hervor. Es ist weiß, sieht aber meinem rosafarbenen Exemplar ziemlich ähnlich und als er es hochhält, fällt sein Blick plötzlich auf mich.

»Keine Geschichte zu dem Ding?«, versuche ich ihn abzulenken. Aber ich schaffe es nicht.

Er schluckt und flüstert: »Warum tragen Sie nachts so aufreizende Wäsche?«

Ich werde erst blass, dann rot. »Das ist doch nicht aufreizend, weil es ja niemand sieht.« Schlechte Ausrede.

»Ich bin ein Mann und wenn ich Ihnen sage, dass es aufreizend ist, dann können Sie mir glauben. Ich habe Sie gesehen in dem Nachthemd und Ihren schwarzen BH hat jeder Mann im Lokal eines Blickes gewürdigt.«

»Sie sollten es aber gar nicht sehen«, brülle ich jetzt fast, weil mich sein Geständnis kribbelig macht. »Ich versuche ja gerade wegen Ihnen möglichst unattraktiv zu sein!« Jetzt ist es raus.

»Wegen mir?«

»Naja, Sie als Witwer wollen doch sicherlich nicht eine Frau im Haus haben, die halbnackt herumläuft …«

»Stopp, schieben Sie nicht meinen Familienstand vor! Sie haben Angst vor mir. Sie haben Angst, dass ich Ihnen zu nahe kommen könnte. Warum? Bin ich so abstoßend für Sie?«

»Ja. Nein. Auf welche Frage wollen Sie jetzt eigentlich eine Antwort?«

Aber er sitzt auf einmal ganz nah neben mir und mustert mein Gesicht. »Geben Sie mir eine Chance«, höre ich ihn flüstern und wende mich sofort ab.

»Das ist unmöglich. Ich kann nicht. Ich bin nicht von hier und ich muss bald wieder gehen. Sie müssen sich eine Frau suchen, die sie zurückliebt. Ich kann das nicht sein. Tut mir leid«, knurre ich so hart wie möglich und gehe.

In meinem Zimmer stelle ich fest, dass ich Tränen im Gesicht habe. Die völlige Vermenschlichung hat sich eingeschlichen. Ich muss hier weg und zwar ganz schnell. Dabei weiß ich längst, dass es zu spät ist. Ich habe mich verliebt. Ich werde nicht mehr in der Lage sein, eine Frau für Frank zu rekrutieren.

Kapitel 6

Am nächsten Morgen ist Frank schon zur Arbeit los. Ich bin ihm deswegen nicht böse. Der Tag vergeht schnell und als Frank am Abend erscheint, bitte ich ihn um ein Gespräch. Er führt mich in sein Arbeitszimmer und nachdem wir uns hingesetzt haben, lasse ich die Bombe platzen.

»Ich kann nicht bleiben. Ich werde eine Kollegin bitten, für mich zu übernehmen.« Bei diesen Worten kann ich ihm nicht ins Gesicht sehen. Nach reiflicher Überlegung bin ich zu diesem Schluss gekommen. Es ist besser so, für Frank und für mich. Nur für Ben bedauere ich es sehr. Es wird ihn hart treffen, wenn ich nicht mehr da bin.

»Nein«, sagt Frank nur.

»Doch, ich fürchte es ist so. Ich bin einfach zu unerfahren und mit dieser Situation völlig überfordert. Es ist besser, wenn eine erfahrene Kollegin oder noch besser ein Kollege für mich einspringt.«

»Sie können jetzt nicht einfach gehen. Ben braucht Sie. Er hat sich gerade an Sie gewöhnt, nässt nicht mehr ein, macht einen fröhlicheren Eindruck.« Da hat er Recht und er hat nicht vor, aufzugeben: »Hören Sie. Ich halte mich von Ihnen fern. Sie brauchen nicht einmal mit mir zu reden. Aber bleiben Sie, Ben zuliebe. Bitte.«

»Es geht nicht. Wissen Sie, so etwas ist mir noch nie passiert. Natürlich habe ich schon Sympathie für den ein oder anderen Menschen empfunden, aber bei Ben und Ihnen ist es für mich einfach zu viel des Guten. Es liegt nicht an Ihnen, Frank. Es liegt an mir«, flüstere ich mit zittriger Stimme.

Zum Glück klingelt es in diesem Moment an der Haustür und Frank steht auf, um zu öffnen. Ich grüble gerade, wie ich die ganze Sache dem armen Ben beibringen soll, als Frank ruft: »Carolyn? Könnten Sie bitte einmal kurz herkommen?«

Ich gehe zur Wohnungstür und da steht er. »Jesus Christus!«, entfährt es mir.

Frank sieht mich erstaunt an und ich korrigiere mich: »Öhm, das ist aber eine Überraschung.«

Ich kann mich gar nicht mehr erinnern, wann Jesus das letzte Mal hier unten war. Er sieht in seiner Jeans und der Lederjacke völlig anders aus als oben. Trotzdem habe ich ihn natürlich sofort erkannt.

Er fragt: »Darf ich kurz hereinkommen?«

Ich sehe Frank fragend an und er lässt den Mann herein. Ben, der wohl unsere Stimmen gehört hat, kommt vorbei, um zu sehen, wer geklingelt hat. »Öhm … Frank, darf ich vorstellen, das ist mein …«, beginne ich und spiele Jesus den Ball zu.

»... Chef«, sagt Jesus. »Ich bin ihr Chef. Genauer gesagt, der Vorstandsvorsitzende des Vereins.«

Naja, so ganz Unrecht hat er damit nicht. Er schüttelt Frank die Hand und streicht dem kleinen Ben einmal mit der Hand über den Kopf. Ben ist sofort in seinen Bann gezogen und lächelt Jesus verklärt an.

»Gehst du wieder spielen? Carolyn und ich möchten kurz etwas besprechen«, sagt Jesus zu Ben, der sofort folgsam davonrennt. »Ich bin gleich wieder weg, Carolyn. Ich wollte dir nur gerne persönlich etwas mitteilen. Wir sind der Meinung, dass du deine Tätigkeit hier fortführen sollst.«

Frank sagt leise: »Gott sei Dank.«

Jesus lächelt Frank wissend an und raunt: »Ja, genau. Wir haben momentan auch niemanden, der besser für die Aufgabe hier geeignet wäre als Carolyn.«

»Aber …«, stammle ich und Jesus hebt eine Hand, die mich sofort zum Schweigen bringt.

»Ich bin dann mal weg«, fügt er hinzu und verlässt die Wohnung.

Ich hechte ihm hinterher und erwische ihn im Treppenhaus. »Warum?«, rufe ich ihm hinterher.

»Denk doch mal an den Jungen, Carolyn. Und an seinen Wunsch. Darum geht es hier schließlich. Vergiss das nicht.« Während er die Treppen weiter nach unten geht, erhellt ein Lichtblitz das Treppenhaus. Dann ist er weg.

Wie benommen gehe ich zurück in die Wohnung, wo Frank bei Ben im Zimmer ist. Ich gehe einfach auf mein Zimmer und überlege, wann das Übel seinen Anfang genommen hat.

Beim Abendessen hat Frank dermaßen gute Laune, dass ich es schon fast zum Kotzen finde. Ben sieht seinen Vater immer wieder erstaunt an, geht aber in der fröhlichen Art mit auf. Ich bekomme fast keinen Bissen hinunter und feile an neuen Strategien.

Plötzlich fragt Ben: »Was wollte der Mann von dir, Carolyn?«

»Öhm, das war einer meiner Chefs, sozusagen der Junior-Chef meines direkten Vorgesetzten. Er hat mir mitgeteilt, dass ich noch eine Weile bei euch bleiben darf.«

Ben freut sich und als ich zu Frank sehe, treffen sich unsere Blicke. Er lächelt ganz leicht, sieht dann aber sofort wieder weg.

Frank hält sein Wort. Den Rest der Woche ignoriert er mich so gut als möglich. Wir sind schon fast wie ein zerstrittenes Ehepaar, das über den Sohn miteinander kommuniziert. Sein Verhalten schmerzt mich, obwohl es nur vernünftig ist. Ich ertappe mich dabei, dass ich ihn heimlich beobachte und bilde mir ein, dass ich auch einige Male seinen Blick auf mir spüre. Sobald ich aber zu ihm hinsehe, hat er sich bereits abgewendet oder ist mit irgendetwas beschäftigt. Wenn ich in der Früh aufstehe, ist Frank meist schon aus dem Haus. Wenn er am Abend zurückkommt, beschäftigt er sich mit Ben und ich bin nur dabei, wenn Ben mich dazuruft. Der Vater-Sohn-Beziehung tut die gemeinsame Zeit jedenfalls sehr gut.

Als ich am Freitagmorgen aufstehe und schlaftrunken in die Küche trotte, zucke ich zusammen. Frank ist noch da und Ben sitzt auf seinem Schoß. »Ben hatte heute Nacht einen schlechten Traum und hat bei mir geschlafen«, sagt Frank. »Ich dachte, ich warte, bis Sie wach sind, weil er natürlich heute Morgen beim Klingeln meines Weckers aufgewacht ist.«

Ich nicke und da schon eine leere Müslischüssel auf

dem Tisch steht, setze ich mich. Frank küsst Ben in die Haare und schiebt ihn von seinem Schoß »Du kannst noch ein bisschen spielen, bis du los musst«, sagt er zu seinem Sohn und Ben läuft davon.

Am liebsten würde ich ebenfalls die Flucht ergreifen, aber Frank spricht mich an: »Ich kann so nicht weitermachen. Wollen wir uns nicht wieder vertragen?«

Vorsichtig sehe ich ihn an und sein aufrichtiger Blick trifft mich bis in mein Innerstes. Er versucht es weiter: »Sie könnten doch heute Vormittag bei mir im Büro vorbeikommen. Mein Kollege ist schon ganz neugierig auf Sie.«

»Heute ist bei Ben in der Schule die Adventsfeier«, hauche ich und Frank zieht die Augenbrauen zusammen.

»Adventsfeier? Das haben Sie mir gar nicht erzählt.«

»Ben hat mich gefragt, ob ich komme, und da dachte ich, Sie hätten bereits abgesagt.«

»Nein, er hat mich nicht gefragt. Ich weiß von gar nichts. Aber vielleicht hätte ich mir die Zeit nehmen können. Jetzt ist es natürlich zu spät dafür.« Frank rückt seinen Stuhl näher an meinen. »Sehen Sie, deshalb ist es wichtig, dass wir miteinander reden.«

Ich nicke und er streckt mir seine Hand hin: »Freunde?«

Nur zu gern schlage ich ein und bestätige: »Freunde!«

Frank verabschiedet sich von Ben und fragt ihn, wann die Adventsfeier ist. Dann wünscht er seinem Sohn noch viel Spaß und schon ist er weg.

Wenig später schicke ich Ben los und dann beginnt mein persönliches Projekt für heute. Damit Ben stolz auf mich sein kann, werde ich toll aussehen. Er soll sich auf keinen Fall wegen mir schämen müssen.

Zuerst einmal bleiben die Haare offen und die Brille fällt weg. Könnten ja auch Kontaktlinsen sein. Dann blinzele ich mir verschiedene Jeansmodelle an den Körper und entscheide mich für ein dunkelblaues enges Modell, über das ich mir lange schwarze Stiefel mit Absätzen zaubere. Die Jeans sitzt sehr tief, passt aber natürlich wie angegossen. Ich entscheide mich für einen roten Rollkragenpullover aus dünnem weichen Kaschmir, dessen Ärmel nur bis knapp unter die Ellenbogen reichen. Der Pullover endet genau an der Stelle, an der meine Hose beginnt. Dazu blinzele ich mir einen schwarzen, halblangen Wintermantel und auf den Kopf eine rote Strickmütze. Dezent geschminkt verlasse ich die Wohnung so rechtzeitig, dass ich es ohne Eile auf das Schulfest schaffe.

Die Blicke, die mir unterwegs begegnen, nehme ich dankbar an. Ben wird Augen machen, da bin ich mir sicher. Ich betrete die Schule mit einigen anderen Eltern, die vereinzelt eintreffen. Ich folge einfach der Gruppe und sehe Sandra, die ich freundlich begrüße. Sie grüßt zwar zurück, erkennt mich aber erst, als ich sage: »Ich bin es, Carolyn.«

»Carolyn? Ich hätte Sie nie erkannt. Sie sehen so verändert aus«, stellt sie fest und macht große Augen.

Ich grinse und ein Mann stellt sich neben Sandra, um mich in Augenschein zu nehmen: »Sandra, wer ist denn dieses reizende Geschöpf?«

Sandra lächelt und stellt uns einander vor: »Klaus, das ist Carolyn, die Haushälterin von Frank und Ben. Carolyn, das ist Klaus, der Vater von Julia aus der 1b.«

Klaus reicht mir die Hand und sagt sofort: »Alleinerziehend und Single.«

Vielleicht habe ich es mit meinem Auftreten auch etwas übertrieben. Ich muss meine Hand fast aus den Krallen dieses Kerls reißen.

»Erziehend und nicht interessiert«, antworte ich, ohne zu lächeln.

Wir betreten gemeinsam eine Aula, in der mehrere Stuhlreihen aufgestellt sind. Ich setze mich in eine der hinteren Reihen und der Saal füllt sich nach und nach. Die Schüler ziehen gemeinsam ein. Klasse für Klasse.

Ben sieht mich zuerst gar nicht. Weil sein Blick an mir vorbeischweift, stehe ich kurz auf und winke ihm. Er erkennt mich wenigstens sofort. Sein breites Grinsen zeigt mir, dass ich mein Ziel erreicht habe. Er ist mit mir zufrieden.

Leider hat mein kurzes Aufstehen auch die Aufmerksamkeit mehrerer Eltern und anderer Kinder auf mich gelenkt. Sogar Bens Lehrerin mustert mich interessiert. Ich höre, dass Sandra mehrmals meinen Namen flüstern muss, um alle neugierigen Gemüter zu beruhigen.

Gerade als die Veranstaltung beginnt, betritt Frank die Aula. Er setzt sich auf den erstbesten freien Platz und ich mache mich ganz klein, als er suchend herumblickt. Leider sitzt er in der Nähe von Sandra und als diese bemerkt, wie Frank sich umsieht, deutet sie in meine Richtung und flüstert ihm etwas zu. Ich ducke mich hinter die massige Frau, die neben mir sitzt, sodass Frank mich nicht richtig sehen kann.

Die Aufführung ist sehr schön. Jede Klasse singt ein bis zwei Lieder. Dann hält der Rektor eine kurze Ansprache. Am Schluss sagt er: »Alle Anwesenden sind jetzt noch herzlich in die jeweiligen Klassen eingeladen. Es gibt Plätzchen und Punsch.«

Wir applaudieren und ich stehe auf. Vielleicht kann ich mich einfach davonstehlen. Frank ist ja jetzt da und Ben hat ihn bereits erspäht. Ich drehe mich um und will meinen Mantel vom Stuhl nehmen. Leider sitzt die übergewichtige Frau neben mir auf dessen Gürtel und bis die schwerfällige Frau den Platz geräumt hat, sehe ich Frank und Ben schon auf mich zukommen. Frank hat mich noch nicht entdeckt, aber Ben zieht ihn an der Hand in meine Richtung.

»Carolyn!«, ruft Ben aufgekratzt und da sieht mich Frank.

Er bleibt stehen, wird jedoch von Ben weitergezogen. Ich traue mich kaum, ihn anzusehen, aber sein Gesicht spiegelt so viel Erstaunen wieder, dass ich meinen Blick nicht abwenden kann. Während Ben an meinem Mantel zupft, den ich über die verschränkten Arme gelegt habe, starren Frank und ich uns an. Wäre nicht dieses aufgeregt herumhopsende Kind zwischen uns, würde ich fast vermuten, dass die Zeit stillsteht. Frank macht den Eindruck, als wolle er etwas sagen, aber nach mehreren Anläufen gibt er auf. Er ist tatsächlich sprachlos und ich werde rot.

»Kommt schon. Gehen wir in mein Klassenzimmer«, sagt Ben ungeduldig. Wir sind inzwischen fast allein in der Aula. Ben nimmt Frank und mich an der Hand und zieht uns mit.

Am Eingang zum Klassenraum hängen wir unsere Mäntel an die Garderobe. Nun kann ich mich nicht mehr hinter dem Mantel verstecken und Frank mustert mich erneut von oben bis unten. Als ich in die Klasse gehe, legt er seine Hand zwischen meine Schulterblätter.

Bens Lehrerin begrüßt uns: »Herr Bach, schön, dass Sie es geschafft haben!«

Dann stelle ich mich selbst vor: »Ich bin Carolyn.«

»Ich bin Frau Bodmann, die Lehrerin von Ben. Er hat der Klasse schon sehr viel von Ihnen erzählt.« Während sie spricht, betrachtet sie meine goldenen Armreifen.

»Ja, er hat eine sehr lebhafte Phantasie«, erkläre ich und Frank sagt zu mir: »Und Sie auch.«

Frau Bodmann lächelt wissend und Ben ruft uns zu seinem Platz. Die Eltern scharen sich um die Tische ihrer Kinder. Da Ben neben Tobias sitzt, teilen wir uns den Tisch mit Sandra.

Frank drückt schon wieder seine Hand in meinen Rücken, als er mich zu dem Tisch begleitet. Ein warmes Kribbeln durchströmt meinen Rücken und breitet sich ungefragt in meinem ganzen Körper aus. Dann flüstert Frank mir etwas ins Ohr: »Sie sind mit Abstand die schönste Frau im Raum. Haben Sie das für Ben getan?«

»Ja. Er hat mich gebeten, nicht wie seine Oma auszusehen.«

Frank nähert sich mir wieder und haucht: »Sie würden mich nicht im Traum an eine Oma erinnern.« Seine Lippen berühren beim Reden ganz kurz mein Ohr und ein Ziehen fährt mir in den Unterleib.

Beim gemeinsamen Plätzchenessen sagt Sandra zu Frank: »Du musst gut auf Carolyn aufpassen. Klaus hat sie natürlich sofort erspäht.«

Frank wirft mir einen vielsagenden Blick zu und ich mache Klaus' tiefe Stimme nach: »Ich bin Klaus, alleinerziehend und Single.«

Frank lacht und Sandra stößt ihn freundschaftlich in die Seite. »Und weißt du, was sie geantwortet hat?« Frank schaut sie erwartungsvoll an, bis Sandra sagt: »Ich bin erziehend und nicht interessiert.« Sandra prustet los und Frank schenkt mir ein umwerfendes Lächeln.

Da muss ich ebenfalls grinsen und trinke verlegen einen Schluck Punsch. Sandra und Frank verstehen sich wirklich gut. Wenn ich mich ein bisschen mehr dahinterklemme, könnte ich die zwei doch noch zusammenbringen.

Frank scheint meine Gedanken zu erraten, denn er sagt plötzlich: »Carolyn, haben Sie anschließend eigentlich noch etwas vor?«

»Ich muss das Mittagessen vorbereiten.«

»Heute ist Freitag. Was macht es schon, wenn wir später essen. Sie könnten noch mit mir ins Büro kommen. Was halten Sie davon?«

Sandra nickt mir zu und ich zögere, aber Ben mischt sich ein: »Papas Büro ist riesengroß und da gibt es sogar eine Spielkiste im Wartebereich.«

»Mir würde schon eine Kaffeemaschine reichen«, sage ich.

Frank steht auf und fragt Ben nach der Toilette. Sandra sieht mich verschwörerisch an und als Tobi und Ben in ein Gespräch vertieft sind, flüstert sie mir zu: »Sie haben sich wegen ihm so herausgeputzt, stimmts?«

»Nein, ich wusste gar nicht, dass er kommt.«

»Jedenfalls hat Ihr neues Aussehen seine Wirkung nicht verfehlt«, erklärt sie.

»Warum?«

»Merken Sie denn nicht, wie er Sie die ganze Zeit beobachtet? Er hat sich verändert, seit Sie in der Familie sind. Unglaublich, aber die kurze Zeit hat aus Frank und Ben völlig andere Menschen gemacht. Ich kenne ihn schon eine Weile, auch aus der Kindergartenzeit und es ist verblüffend, zu sehen, dass er noch zu so einem Lächeln fähig ist.«

»Ich kann mich auf nichts einlassen, weil ich wieder weg muss«, hauche ich in Sandras Ohr, bevor ich mich selbst innerlich dafür tadele, dass sie mich hier in Liebesdingen berät, wo es doch eigentlich umgekehrt sein sollte.

»Dann ändern Sie Ihre Pläne eben!«, schlägt Sandra vor.

Ich fasse es nicht, dass ich ihr meine Gedanken mitteile: »Wollen Sie es nicht einmal bei ihm probieren?«

»Er hat nur Augen für Sie. Das kann ich mir sparen«, stellt sie fest.

Da kommt Frank zurück und fragt: »Auf was sparst du, Sandra?«

»Ach, auf ein neues Auto«, sagt Sandra sofort und zwinkert mir zu.

Ich stehe auf: »Ben, es tut mir echt leid. Aber ich muss jetzt gehen.«

Mit schnellen Schritten verlasse ich das Klassenzimmer. Wegen dieses überstürzten Aufbruches schäme ich mich beinahe. Draußen im Flur treffe ich Klaus, der zwischen mir und meinem Mantel steht.

»Na, hübsche Frau. Darf ich Sie jetzt noch in ein Café entführen?«

»Nein, ich habe keine Zeit.« Aber eigentlich kommt er mir gerade recht, um meine Wut auf mich selbst an ihm auszulassen. Klaus kommt mir eindeutig zu nahe. Ich hasse es, wenn Menschen ungefragt in meinen inneren Kreis eindringen. Plötzlich spüre ich eine Hand auf meinem Rücken. Naja, ich hasse das bei allen außer einem. Ein warmer Körper taucht ganz nah neben mir auf.

»Na Klaus, was macht das Immobiliengeschäft?«, fragt Frank und seine Hand wandert über meinen Rücken auf meine Schulter. Ich muss mich wirklich beherrschen, nicht wie ein Honigkuchenpferd zu grinsen.

Klaus geht sofort auf Abstand zu mir und ich entspanne mich. »Geht so, danke der Nachfrage«, sagt er nur knapp und winkt mit seiner Zigarettenpackung. »Ich gehe dann mal eine rauchen.«

Frank wartet ab, bis Klaus verschwunden ist, und sagt: »Die Klasse will noch ein Gedicht zum Abschied vortragen. So viel Zeit werden Sie wohl noch haben.«

Er wartet, bis ich wieder in das Klassenzimmer gehe, und Ben freut sich, dass wir wieder erscheinen.

Geduldig höre ich mir das Gedicht an, applaudiere und horche mir die Danksagung der Lehrkraft an. Dann verabschiede ich mich von Ben und hechte zu meinem Mantel in der Garderobe. Frank taucht neben mir auf, da seine Sachen ebenfalls an Bens Haken hängen.

»Wir wollten uns doch wieder vertragen«, raunt er mir zu. »Warum habe ich dann immer noch das Gefühl, dass Sie sauer auf mich sind?«

Schulterzuckend antworte ich: »Ich bin sauer auf mich.«

»Dann lassen Sie es nicht mich ausbaden. Darf ich Sie auf einen Kaffee in meinem Büro einladen?«

»Also gut. So wie es aussieht, gehen mir die Argumente aus.«

Mit zufriedenem Lächeln betrachtet mich Frank.

Er ist mit seinem Wagen da. Ich kann mich schon gar nicht mehr erinnern, wann ich das letzte Mal in so einem Ding mitfahren musste. Doch, nach dem Schwimmbadbesuch, aber da saß ich hinten.

Vorsichtig ziehe ich an dem Griff und die Tür öffnet sich problemlos. Einsteigen, anschnallen, alles klappt. Aber als Frank losfährt, klammere ich mich verkrampft an den Anschnallgurt vor meiner Brust. An einer roten Ampel sieht mich Frank belustigt von der Seite an. »Sie scheinen ja viel Vertrauen in meine Fahrkünste zu haben, so wie Sie sich an dem Gurt festkrallen.«

Wegen meiner echten Nervosität kann ich auf seinen Scherz nicht eingehen und er fährt fort: »Sie sind doch schon mit Sandra vom Schwimmbad nach Hause gefahren. Da haben Sie nicht so verkrampft gewirkt.«

»Da saß ich ja auch hinten und die Kinder haben mich abgelenkt«, presse ich hervor.

»So als Nonne kommt man wohl nicht besonders viel herum.«

»Naja, eigentlich schon. Aber ich bin eben eine andere Art des Reisens gewöhnt.«

»Reitet ihr auf einem Besen durch die Gegend?«

»So ungefähr«, sage ich mit einem Lächeln.

Frank schüttelt den Kopf und weil er mir immer wieder Blicke zuwirft, bitte ich ihn, auf die Straße zu schauen, wenn er so schnell fährt. Irritiert betrachtet er den Tacho, der knapp über 30 km/h anzeigt.

Erleichtert atme ich auf, als ich endlich mit Frank vor dem Notariat ankomme. Für sein Auto ist vor dem Haus ein Parkplatz reserviert. Wahrscheinlich hätte er sonst so mitten in der Stadt niemals eine Chance auf einen ganztägigen Parkplatz.

Auf dem Gehweg hat er eine ältere Dame erspäht und sagt zu mir: »Carolyn, gehen Sie schon einmal nach oben. Wir sind im dritten Stock. Ich komme gleich nach.« Er geht zu der Frau, die er zu kennen scheint.

Ich folge seinem Vorschlag und blinzele mich, sobald ich außer Sichtweite bin, vor den Eingang des Notariats. Das ist das erste Mal, dass ich die Räumlichkeiten auf diesem Weg betrete. Es herrscht hektische Betriebsamkeit und ich drücke mich etwas unschlüssig im Gang herum.

Sibylle kommt auf mich zu. »Kann ich Ihnen helfen?«, fragt sie mich direkt.

»Nein, ich warte auf Frank Bach.«

»Der ist im Moment nicht im Haus. Haben Sie einen Termin?«

»Nicht direkt, ich …«

Sibylle unterbricht mich sofort geschäftig und fragt: »Um welche Angelegenheit geht es denn?«

Da kommt ein Mitarbeiter im Gang auf mich zu und sagt: »Ah, Sie müssen Frau Schulz sein. Bitte kommen Sie mit!«

»Moment, ich bin nicht …«

Keiner hört mir zu. Ehe ich mich versehe, bin ich im Büro von Daniel Schwarz gelandet. Der steht sofort hinter seinem Schreibtisch auf, während der Mann, der mich hergebracht hat, die Tür von außen schließt. Ich bin dermaßen perplex, dass ich nichts sagen kann.

»Ah, da sind Sie ja«, sagt er strahlend. »Ich muss sagen, Sie übertreffen meine kühnsten Vorstellungen.« Er kommt mir lächelnd entgegen.

»Ich glaube hier liegt ein Missverständnis vor.«

Daniel Schwarz schüttelt mir die Hand und betrachtet mich ausgiebig. »Aber nein, Sie sind ja noch schöner als auf dem Titelbild von dieser Fernsehzeitschrift.«

Auf dem Gang nehme ich eine gewisse Unruhe war. »Sie verstehen nicht, ich bin …« Wieder werde ich unterbrochen, diesmal allerdings von Frank, der die Tür zu Daniels Büro aufgerissen hat.

»Daniel, du machst mir doch nicht etwa meine Hausfee abspenstig?« Mit großen Schritten kommt Frank auf mich zu. Ich bin erleichtert, ihn zu sehen.

»Das ist deine neue Haushälterin?«

»Das versuche ich Ihnen schon die ganze Zeit zu sagen. Für wen haben Sie mich denn gehalten?«, werfe ich schüchtern ein.

»Wir sind hier alle etwas nervös«, erklärt Daniel. »Wir erwarten dieses Model, das sich bei mir einen Beratungstermin geben hat lassen.«

Seufzend und kopfschüttelnd bittet mich Frank mit einer Armbewegung, ihm zu folgen. Beim Hinausgehen höre ich, wie Daniel zu Frank sagt: »So eine Haushälterin würde mir auch gefallen. Frank, mir wird gerade so einiges klar.«

Ich grinse und Frank raunt in mein Ohr: »Vielleicht hätten Sie doch das Kartoffelsack-Outfit anziehen sollen.«

Trotz dieser Aussage ist ein gewisser Stolz in seiner Stimme nicht zu überhören, als er mich dem Rest der Belegschaft vorstellt. Und mit diesem Model, das zwischendurch das Notariat betritt, kann ich mithalten. Frank scheint den prominenten Neuzugang gar nicht zu bemerken. Er drängt mich in sein Büro, bietet mir einen Stuhl an und verschwindet mit den Worten: »Ich hole schnell zwei Tassen Kaffee.«

Es ist merkwürdig, so richtig körperlich in diesem Büro anwesend zu sein. Ich stehe einfach wieder auf und schaue mich um. Schließlich bleibe ich an dem Bild von Frank und seiner Familie hängen, das auf dem Schreibtisch steht. Genau in diesem Moment kommt Frank wieder herein. Er erfasst sofort die Situation und sein Blick wird ernst und verschlossen.

Ich beschließe, ihn nicht davonkommen zu lassen. »Ihre Frau ist wunderschön.«

»Ja, das war sie. Sie war etwas ganz Besonderes.«

»Natürlich, sie war schließlich mit Ihnen zusammen.« Ups.

Frank stellt die Tassen ab, lässt sich in seinen Bürostuhl fallen und fixiert mich. »Ich werde nicht schlau aus Ihnen, Carolyn. Manchmal habe ich das Gefühl, Sie wollen mir zu verstehen geben, dass Sie mich mögen. Dann wieder distanzieren Sie sich so plötzlich von mir, dass ich eher glaube, Sie können mich nicht leiden.«

Ich nehme mir eine Kaffeetasse und setze mich auf einen der Stühle, die für die Klienten vorgesehen sind. »Ich denke, Sie haben eben sehr gut meinen momentanen Gefühlszustand beschrieben«, sage ich leise. O weh, jetzt macht er dicht. Das sehe ich ganz genau. »Ich hätte nicht mit hierherkommen sollen«, füge ich hinzu.

»Nein, das ist es nicht. Es fühlt sich seltsam vertraut an, Sie hier in meinem Büro zu haben. Vielleicht klingt es verrückt, aber ich fände es schön, wenn sie noch eine Weile dablieben, während ich meinen Bürokram erledige.«

»Das klingt überhaupt nicht verrückt.«

Also sitze ich da, wie schon so oft, und beobachte ihn bei seiner Arbeit. Manchmal spricht er in sein Diktiergerät oder unterzeichnet Verträge. Hochkonzentriert arbeitet er einen Stapel an Dokumenten ab. Meine Anwesenheit scheint ihn wirklich nicht zu irri-tieren und wahrscheinlich hat er mich schon völlig vergessen. Als ich nämlich auf die Uhr sehe und aufspringe, schrickt er ebenfalls hoch.

»Ben hat Schule aus. Ich muss los. Danke für den Kaffee!«, rufe ich und renne aus dem Büro.

Im Treppenhaus zwinkere ich mich sofort in die Wohnung, damit ich vor Ben da bin. Ich ahne nicht, dass Frank mir gefolgt ist und sich wundert, weil er mich nicht mehr sieht, als er aus dem Haus stürmt.

Auf die Schnelle zaubere ich ein paar Nudeln mit Tomatensoße. Ben kommt fröhlich von der Schule nach Hause. Wir sitzen schon eine halbe Stunde beim Essen, als Frank eintrifft. Sein Kommentar lässt mir das Blut in den Adern gefrieren. »Sie haben schon gekocht? Wie haben Sie das so schnell hinbekommen?«

»Ich bin eben schnell«, erkläre ich, bin aber ex-trem nervös.

»Ja, das habe ich gemerkt. Ich bin Ihnen noch nach, aber da waren Sie schon über alle Berge.«

»Wie Schneewittchen«, sagt Ben und grinst.

»Ja, mit dem Unterschied, dass nur *ein* Zwerg nach Hause kommt«, ergänze ich.

Ben lacht und sieht Frank an: »Und ein Prinz.«

Frank scheint über den Vergleich eher erschrocken, während Ben sich gar nicht mehr halten kann vor Lachen. Ich pruste ebenfalls los, bis Frank sagt: »Muss der Prinz nicht das Schneewittchen küssen?«

Ben und ich werden gleichzeitig mucksmäuschen-still.

Ben fängt sich als Erster wieder. »Au ja, Papa!«

Ich stehe auf, um meinen leeren Teller in die Küche zu tragen. In meinem Kopf lacht der Oberdschinn. Aha, er ist also auch noch da und hat seinen Spaß.

Ben lässt nicht locker und klopft mit seinem Besteck auf den Tisch. »Küssen, küssen, küssen!«

Mein Blick fällt auf Frank, der mich ernst von seinem Platz aus ansieht.

»Ben, bitte hör auf mit dem Besteck auf den Tisch zu klopfen. Du machst lauter Dellen rein«, wettere ich laut und Ben hört auf.

Kapitel 7

Die Wochen vergehen wie im Fluge und ich bin in meiner Mission noch keinen Schritt weitergekommen. Es ist vielmehr so, dass wir zu einer kleinen Familie mutiert sind. Ich kleide mich endlich, wie ich mich wohlfühle, und halte Abstand zu Frank, ohne unhöflich zu sein. Sobald Ben im Bett ist, verschwinde ich in mein Zimmer, obwohl ich insgeheim nichts mehr wünsche, als bei Frank zu sein. Ihm scheint es ähnlich zu gehen. In Bens Gegenwart sucht er oft auch eine gewisse Nähe zu mir, aber ohne Ben gehen wir auf Abstand. Wir sind wie ein Ehepaar, das seinem Kind zuliebe die heile Welt vorspielt, nachts aber in getrennten Betten schläft.

Ein paar Tage vor Weihnachten bringt Frank wieder seinen Trainingskollegen aus dem Fitnessstudio mit. Alexander staunt nicht schlecht, als er mich in einem figurbetonten Wollkleid und Leggins sieht.

»Mann!«, bringt er heraus, doch Frank überhört den Kommentar.

Ich bin schon außer Hörweite, habe aber meine unsichtbaren Ohren gespitzt, weil ich neugierig bin, was Alexander zu sagen hat. »Das ist wirklich die Nonne? Das gibt es doch nicht! Dein sexuelles Neu-trum hat sich aber mächtig entwickelt.«

Frank brummt etwas Unverständliches und Alexander fragt: »Meinst du, die würde mit mir ausgehen?«

»Untersteh dich, sie zu fragen!«

»Oha, meldet da jemand Besitzansprüche an?«

»Nicht so laut. Sie kann dich hören.«

»Ach was, sie ist weit genug weg. Sag schon.«

Frank seufzt laut und Alexander lacht. »Lass gut sein. Dieser Blick hat mir schon gereicht. Du hast dich verliebt.«

Ich fahre mein unsichtbares Ohr ein und höre Alexander rufen: »Carolyn? Sind Sie da irgendwo?«

Frank zischt leise: »Lass das! Misch dich nicht ein!«

Als ich ins Wohnzimmer schaue, fragt Alexander lächelnd: »Wollen Sie uns nicht Gesellschaft leisten? Wir wollten gemütlich ein Glas Wein trinken.«

Frank sieht betreten zu Boden, die Hände in den Hosentaschen vergraben.

»Ich möchte den Männerabend nicht verderben.«

Alexander gibt nicht auf. »Aber Sie stören uns nicht. Ganz im Gegenteil, nicht wahr, Frank?«

Franks rechte Hand verlässt die Hosentasche und streift nervös über sein Kinn.

»Das ist nett, aber ich will nicht«, sage ich schnell und will die Tür schließen.

Franks Stimme lässt mich innehalten: »Bitte, Carolyn, tun Sie uns den Gefallen. Sie sollten nicht jeden Abend alleine in Ihrem Zimmer verbringen.«

Erstaunt drehe ich mich zu Frank um und Alexanders Grinsen wird nur von seinen Ohren im Zaum gehalten.

»Also gut.« Während Frank eine Flasche Wein und Gläser holt, setze ich mich auf die Couch. Alexander gesellt sich zu mir.

»Was habt ihr eigentlich an Weihnachten vor?«, fragt Alexander neugierig.

»Wir sind bei meinen Eltern«, antwortet Frank.

»Das ist schön. Dann lernt Carolyn ja deine Eltern kennen«, sagt Alexander.

»Ich bin nicht dabei«, kläre ich ihn auf.

»Aber … warum denn nicht?«

»Alex! Sie feiert nicht mit uns Weihnachten. Sie hat frei«, erklärt Frank mit Nachdruck und entkorkt die Flasche.

Alexander schaut mich neugierig an. »Haben Sie Familie?«

»Nicht direkt. Ich bin auf eine Geburtstagsfeier eingeladen.« Wenigstens ist das keine Lüge.

Frank sieht mich kurz an, weil ich ihm das bisher noch nicht erzählt habe.

Alexander hakt nach: »Wer bitteschön feiert denn an Weihnachten Geburtstag?«

»Wer an Weihnachten geboren ist, zum Beispiel«, gebe ich zurück.

»Da kommt doch niemand!«, murmelt Alex.

Ich lächle und entgegne übermütig: »Wenn Sie wüssten! Ich würde ja sagen, da ist die Hölle los, aber das trifft es eigentlich nicht richtig.«

Alexander lauscht aufmerksam und ich füge hinzu: »Auf jeden Fall gehe ich da jedes Jahr hin und es ist wirklich himmlisch.«

Nun klinkt sich Frank in das Gespräch ein. »Wer hat denn da Geburtstag?«

»Der Junior-Chef, den haben Sie ja schon kennengelernt.«

»Haben Sie was mit dem?«, fragt Alexander neugierig.

Ich lache. »Nein, natürlich nicht.«

Frank brummt: »Der hat Sie aber wie ein verliebter Pudel angesehen.«

Wieder muss ich lachen und zucke dann mit den Schultern. »Der sieht alle Leute so an.«

Nachdenklich bestätigt Frank meine Aussage mit einem Nicken. Dann grinst er mich neckisch an und ich lächle zurück.

Alexander steht plötzlich auf und klatscht sich mit den Handflächen auf die Oberschenkel. »So, ich muss weiter, aber lasst euch von mir nicht stören. Bleibt sitzen. Ich finde schon alleine hinaus.«

Frank und ich bleiben sprachlos zurück und irgendwann lacht Frank auf. Er steht vom Sessel auf und setzt sich neben mich auf die Couch, wo eben noch Alexander gesessen hat. Sein freier Arm wandert hinter mir auf die Lehne, während er mit der anderen sein Glas hält.

Nervös greife ich ebenfalls nach meinem Glas und rutsche ein Stück von Frank weg. Bevor ich das Glas ansetzen kann, stößt Frank mit seinem gegen meines und raunt: »Darf ich Ihnen das Du anbieten?«

Nach kurzer Überlegung nicke ich und wir stoßen an und trinken. Frank lehnt sich zurück und seufzt: »Endlich. Ich war schon regelrecht eifersüchtig auf Ben, weil er dich duzen durfte.«

»Dann hat sich deine Eifersucht ja jetzt erledigt«, scherze ich.

»Nein, ehrlich gesagt nicht. Da wäre noch eine Sache, die Ben mir voraushat«, flüstert Frank und stellt sein Glas auf den Tisch.

»Und die wäre?«, frage ich wie von selbst, obwohl ich es eigentlich nur denken wollte.

Frank nimmt mir mein Glas aus der Hand und stellt es neben seines. Mir wird schon ganz komisch, bevor er mir antwortet, weil er mir so nahe kommt.

»Den Gute-Nacht-Kuss, den er immer von dir bekommt.«

Dabei sieht er mich forschend an. Seine Lippen nähern sich meinen und mein Kopf neigt sich automatisch ihm zu. Gerade als ich hauche: »Ich küsse ihn aber nur auf die Backe«, hören wir Bens Stimme an der Wohnzimmertür.

»Papa …«

Wir schrecken auseinander, Frank springt auf und geht seinem Sohn entgegen. In einem Zug trinke ich mein Glas leer und räume es in die Küche, während Frank seinen Sohn zurück ins Bett bringt. Dann gehe ich in mein Zimmer und klopfe mir mit den Händen an die Stirn, während ich unruhig auf und ab gehe. Mein flehender Blick in den Himmel bleibt unbeantwortet.

Als ich am nächsten Morgen aufstehe ist Frank schon weg, und das beruhigt mich. Es war nichts weiter als ein übermütiger Versuch, der gescheitert ist, weil er scheitern sollte. Und ich behalte Recht. Die restlichen Tage bis Weihnachten verhalten wir uns wie immer, bis auf die Tatsache, dass wir uns duzen.

Einen Tag vor Weihnachten reist Frank mit Ben zu seinen Eltern ab, die zwar in einem Vorort von Frankfurt wohnen, aber aufgrund der zeitaufwändigen Anreise selten zu Besuch kommen.

Ben und mir fällt der Abschied besonders schwer. Ich gehe auf die Knie und umarme ihn ganz fest. »Warum kommst du nicht mit?«, fragt er mindestens zum zehnten Mal.

»Deine Oma und dein Opa wollen dich bestimmt für sich ganz alleine haben und wenn du wieder heimkommst, dann werde ich schon auf dich warten«, erkläre ich.

»Ben, geh doch schon einmal ins Auto. Ich komme gleich nach«, sagt Frank und als Ben im Treppenhaus verschwunden ist, überreicht Frank mir einen Zettel. »Das ist die Anschrift und Telefonnummer meiner Eltern, falls irgendetwas sein sollte. Ansonsten hast du ja auch meine Handynummer … Tja, so wie es aussieht, sehen wir uns erst im neuen Jahr wieder.«

»Genau.« Überrascht registriere ich, dass er mir zum Abschied die Hand hinstreckt. Gerne ergreife ich sie, strecke mich zu ihm und küsse ihn auf die Wange. Mein Mund wandert weiter zu seinem Ohr und ich hauche: »Frohe Weihnachten!«

Dann gehe ich schnell aus der Wohnung, die Treppen hinunter und bevor ich den Ausgang erreiche, blinzele ich mich in meine Wabe.

Mir ist so richtig zum Heulen zumute. Warum? Weil ich mich in einen Mann verliebt habe, den ich nicht lieben darf, abgesehen davon, dass ich mich überhaupt nicht verlieben sollte. Und weil ich von der Erfüllung des Wunsches Meilen entfernt bin. Wenn ich ehrlich bin, will ich Ben zwar glücklich machen und eine Mama für ihn sein, aber genau das ist ja das Problem. Ich kann nicht seine neue Mama sein.

Meine bananenförmige Liege kommt mir gerade recht. Eine Weile sinniere ich vor mich hin, bis mein Blick an dieser Wunschblase hängenbleibt, die mir das Leben so schwer macht. Ich gehe zu ihr hinüber und betrachte sie von Nahem.

Letztendlich zieht es mich zu Sirina, die sich über meinen Besuch freut. Sie war bei uns immer so etwas wie eine Außenseiterin, da uns ihre Erfahrungen fremd waren. Nun, das sind sie für mich jetzt nicht mehr und ich weiß, dass sie mich verstehen und trösten kann.

Als ich nach einem langen Gespräch in meine Wabe zurückkehre, steht plötzlich der Oberdschinn da und erwartet mich. »Carolyn, Carolyn, Carolyn. Wo führt das hin mit Ihnen und dieser Blase?«

»Ich weiß es nicht, Dschinn.«

»Der Mann hat sich in Sie verliebt?« Er stellt dies nicht direkt als eine Frage an mich. Es ist mehr die Frage nach der Liebe zwischen Mann und Frau, ein Gefühl, das der Dschinn nicht richtig einordnen kann.

»Und ich glaube, ich habe mich auch in ihn verliebt«, erkläre ich.

»Ich muss mich mit Jesus beraten.« Schon ist der Dschinn wieder weg.

Ich vermisse Ben und ich vermisse Frank, seit ich wieder in der Wabe bin. Meine Phantasie lässt mich Dinge vermissen, von denen ich keine Ahnung habe, die ich aber gerne ausprobieren würde, mit Frank. Besonders beunruhigend finde ich die Tatsache, dass ich nicht aufhören kann, an ihn zu denken, obwohl ich in der Wabe bin. Wenn ich es hier nicht schaffe, dann schaffe ich es nirgendwo.

Claudia kommt irgendwann zu mir. Sie ist gut gelaunt und fragt: »Was ist? Kommst du?«

»Wohin?«

Claudia schüttelt den Kopf und zieht mich von der Bananenliege hoch. »Zur Feier natürlich.«

Die Zeit vergeht hier völlig anders. Jedenfalls fühlt es sich so an, weil der Tag-Nacht-Rhythmus fehlt. Claudia und ich blinzeln uns ein Stockwerk höher und tauchen im Partygetümmel unter. Ablenken kann ich mich trotzdem nicht so richtig.

Plötzlich steht Jesus vor mir und sieht mich mit diesem Blick an, den Frank erwähnt hat. Ich kichere bei dem Gedanken daran und Jesus verstärkt den Ausdruck noch. Obwohl ich gelacht habe, sagt Jesus, der in meine Seele geschaut hat: »Es geht dir nicht gut.«

Ich presse die Lippen aufeinander. »Alles Gute zum Geburtstag!«

»Danke. Er ist nur so lange gut, bis George Michael hier oben ist.« Ich sehe fragend in sein Gesicht und er lächelt: »Wenn der erst einmal mitfeiert, dann höre ich

126

nur noch den einen Song, verstehst du?«

Ich lache auf und werde sofort wieder traurig.

»Carolyn, du liebst ihn, er liebt dich. Was willst du mehr?«

»Ich bin kein Mensch. Ich wohne ziemlich weit weg von ihm. Das wäre eine Fernbeziehung der besonderen Art.« Damit gebe ich preis, dass ich mir schon diverse Gedanken gemacht habe.

»Immerhin eine Fernbeziehung mit hoher Reisegeschwindigkeit«, stellt Jesus fest und ich bin baff. Würden die hier oben so etwas erlauben?

»Seine Frau gibt dir ihren Segen. Was brauchst du mehr?«

Diese Bemerkung lässt mich zusammenzucken. »Du hast mit ihr geredet?«

Jesus nickt. Ich habe keinen Kontakt zu ihr gesucht, denn hier oben feiern wir zwar alle gemeinsam, aber die meisten Seelen bleiben in der Nähe der Engel und geben sich nicht mit uns Dschinns ab.

»Sag mal, spinne ich jetzt oder höre ich hier oben schon mein Handy klingeln?«, sage ich verwirrt, weil ich die mir bekannte Klingelmelodie aus meiner Lieblings-Dschinn-Fernsehserie höre.

Jesus fasst in seine Gewandtasche und zieht mein Handy hervor. »Wie es scheint, bekommst du gerade einen wichtigen Anruf.« Er hält mir das Telefon hin und ich sehe Franks Telefonnummer im Display.

Als Jesus mit seiner Hand meine Schulter berührt, fühle ich meine Liebe zu Frank auf einmal ganz stark. Hektisch gehe ich ans Telefon und frage direkt:

»Frank?« Mit einer Hand halte ich mir ein Ohr zu, damit die Partygeräusche mein Telefonat nicht beeinträchtigen.

»Carolyn, ich habe eine Playmobilburg bekommen!«, ruft Ben.

»Hallo Ben. Das ist super.«

»Papa kann sie nicht aufbauen. Er sagt, du musst kommen und uns helfen.« Im Hintergrund macht Frank ein Geräusch, das sich wie *Psst* anhört. Ben ist aber nicht zu bremsen. »Kommst du? Oma hat gesagt, ich kann bei ihr und Opa schlafen, dann haben wir ein Zimmer für dich frei.«

»Gib mir mal das Telefon …«, sagt jetzt Frank und spricht sofort weiter. »Der Junge hat keine Ruhe gegeben. Er vermisst dich … und ich vermisse dich auch.«

»Kommt sie?«, höre ich Ben im Hintergrund aufgeregt fragen.

»Frank …«, beginne ich, weil ich absagen möchte. Aber er unterbricht mich und ich sehe während seiner nervösen Sätze in die Augen von Jesus, der mir mit seinem warmherzigen Blick eindeutig seine Zustimmung vermittelt.

»… ich weiß, du bist auf dieser Feier. Bist du in Frankfurt?«

»Ich bin in eurer Nähe.«

Frank stottert leise: »Willst du … Ich meine … würdest du …?«

»Ich komme«, sage ich schnell und höre, wie er am anderen Ende der Leitung tief durchschnauft. Er raunt: »Sie kommt.« Ben jubelt im Hintergrund.

»Bis gleich«, sage ich leise und Franks tiefe Stimme lässt mein Herz schneller schlagen, als er sagt: »Ich freu mich.«

Gerade, als ich noch einen Blick mit Jesus wechsle, kommt Sirina auf mich zu: »Was ist denn hier los? Schätzchen, du hast ein Telefon hier oben?«

»Ich habe es für sie aufbewahrt«, meint Jesus und bevor er sich zurückzieht, höre ich ihn noch sagen: »Frohe Weihnachten!«

Sirina sieht mich mit aufgerissenem Mund und großen Augen an. Ich erkläre: »Wie es scheint, will der Junior mich mit Frank verkuppeln. Er hat mir gerade mehr oder weniger sein OK gegeben.«

»Du gehst runter? Jetzt?«

»Ja, so sieht es aus.«

Sirina drückt mit gestreckten Armen meine beiden Oberarme und mustert mich von oben bis unten. »Also pass mal auf, Schätzchen. Du kommst von einer exklusiven Geburtstagsfeier. Du musst einfach umwerfend aussehen.«

Sie zwinkert und wir stehen in meiner Wabe. »Wie wäre es mit einem kleinen Schwarzen?«, grübelt sie laut und zwinkert wieder.

Ich sehe an mir hinunter und Sirina lächelt: »Das hatte Marilyn auch schon an.«

Es handelt sich um ein enges schwarzes Kleid mit dünnen Trägern, dessen Stoff im Bauchbereich rundherum durchsichtig ist. Außerdem stehe ich eine Etage höher, weil ich absolut mörderisch hohe Stöckelschuhe trage.

»Dein Haar muss natürlich offen bleiben«, stellt sie fest und zwinkert mir einen schwarzen Mantel über das Kleid und eine Reisetasche dazu. Dann haucht sie: »Ich habe dir auch die nötigen Verhütungsutensilien eingepackt. Nur für alle Fälle.«

»Sirina! Ich bin auf eine Weihnachtsfeier eingeladen. Seine Eltern sind auch da.«

»Na und?«, sagt Sirina nur und fährt flüsternd fort: »Also falls es dazu kommt. Entspann dich und lass ihn machen. Er mag vielleicht etwas eingerostet sein, aber er hat es drauf.«

»Sirina, hör auf!«, schimpfe ich, weil sie mir soeben verraten hat, dass sie mehr recherchiert hat als ich.

»Viel Spaß, Schätzchen!«, ruft sie und ist verschwunden.

Eine Weile stehe ich unschlüssig in meiner Wabe herum, dann zwinkere ich mir den Zettel herbei, den Frank mir geschrieben hat und blinzele mich in die Nähe des Hauses.

Kapitel 8

ie Stimmung in der Straße ist mehr als weihnachtlich. In den meisten Häusern brennt Licht und einige Fenster und Gärten sind weihnachtlich beleuchtet. Im Vorbeigehen erhasche ich sogar einige Blicke auf festlich geschmückte Weihnachtsbäume in den Häusern und sehe Familien vor dem Baum sitzen und glückliche Paare, die beim Essen sind. Eine Familie veranstaltet einen Spieleabend und jubelt in dem Moment laut, als ich hineinschaue. An Weihnachten war ich noch nie hier unten. Es hat durchaus etwas Magisches an sich.

Schließlich stehe ich mit meinen Stöckelschuhen und der braunen Reisetasche vor der Haustüre mit der Nummer 12. Ich drücke auf den Klingelknopf und bin auf einmal schrecklich nervös.

Im Haus höre ich das Getrappel von näherkommenden kleinen Schritten und Ben reißt strahlend die Haustüre auf. Ich gehe kurz in die Hocke, um ihn zu begrüßen, und zu meiner Überraschung umarmt er mich sofort.

Da erscheint ein älteres Ehepaar und dahinter – Frank. Er lächelt mich ganz leicht an, aber mein Gesicht verzieht sich unkontrolliert zu einem breiten Lächeln. Ich kann es nicht abstellen. Glücklicherweise lächelt Frank inzwischen genauso breit zurück.

Er sieht so süß aus. Anders kann ich es nicht beschreiben. Sein schwarzes Haar ist etwas zerzaust. Wahrscheinlich hat er sich mit dem Aufbau der Playmobilburg schon selbst fertig gemacht. Er trägt eine schwarze Stoffhose und einen grauen Wollpullover.

»Sie sind also Carolyn?«, fragt mich Bens Großmutter und bittet mich ins Haus.

Frank übernimmt die Vorstellungsrunde. Sein Vater heißt Fritz und seine Mutter Erika. Ben zerrt an meinem Mantel, weil er mir seine Geschenke zeigen will, aber seine Großeltern können ihn von mir loseisen und nehmen ihn mit ins Wohnzimmer.

Frank hilft mir aus dem Mantel und ich bin Sirina unendlich dankbar, weil mein Kleid die gewünschte Wirkung nicht verfehlt. Als er sich über mich hinwegbeugt, um den Mantel an die Garderobe zu hängen, berührt er mit seiner freien Hand meine Taille. Ein wohliger Schauer durchfährt mich. Aus irgendeinem Grund reden wir nicht miteinander, aber unsere Blicke sagen alles, was nötig ist.

Er nimmt meine lederne Reisetasche und stellt sie an den Fuß der Treppe. Ich schlüpfe in der Zwischenzeit aus meinen Schuhen und folge ihm. Er wartet auf mich, legt seine Hand auf den unteren Teil meines Rückens und dirigiert mich so ins Wohnzimmer.

Franks Eltern sitzen auf einer Couch und beobachten Ben, der glücklich mit einem kleinen Drachen spielt. Die halb aufgebaute Burg wartet noch auf ihre Fertigstellung.

Ich beschleunige etwas und Franks Hand bleibt hinter mir zurück. Sofort knie ich mich zu Ben auf den

Boden und spüre, wie sich das enge Kleid um meine Hüfte und meinen Hintern spannt, was mich aber nicht stört.

»Hast du eine Bauanleitung dafür?«, frage ich Ben und der wundert sich prompt. »Aber du hast doch alle meine Playmobilsachen in meinem Zimmer ohne Anleitung aufgebaut. An einem Vormittag!«

Ich lächle verlegen und versuche, zu erklären: »Naja, du hast nicht gesehen, wie ich mit den Teilen gekämpft habe.«

Frank kniet sich neben mich auf den Boden und sucht auf allen Vieren nach dem Anleitungsheftchen. Schließlich hat er es gefunden und während Ben lautstark den feuerspeienden Drachen über die halbfertige Burg fliegen lässt, beschäftigen Frank und ich uns mit der Anleitung. Wir haben wirklich viel Spaß, weil wir uns beide nicht besonders geschickt anstellen.

Irgendwann seufzt Frank: »Ich dachte, dass diese Playmobilgeschichten leichter zum Aufbauen sind. Das habe ich gar nicht so in Erinnerung.«

»Ja, sei froh, dass kein Lego unterm Weihnachtsbaum lag!«

»Ich war selbst ein Legokind, ja? Diese Mission hätte ich spielend erledigt. Außerdem sind die Lego-Anleitungen viel detaillierter als bei dieser Burg hier.«

Wir sitzen ziemlich nah beieinander und natürlich bemerke ich, dass wir von den Eltern beobachtet werden. Wenigstens sehen sie mich immer mit einem freundlichen Blick an, wenn ich mich zu ihnen umdrehe.

Ich kann die Finger nicht von Frank lassen. Bei jeder Gelegenheit streife ich mit meinen Händen seinen Arm oder klopfe ihm auf die Schulter. Ihm scheint es genauso zu gehen. Als ich mich an ihm vorbei zu einem großen Bauteil beuge, streift seine Hand plötzlich durch mein Haar. Erschrocken setze ich mich zurück auf meine Füße, weil die Geste viel vertrauter als meine freundschaftlichen Berührungen ist.

Er sieht mich zärtlich an und während er seinen Arm auf seinem angewinkelten Knie abstützt, streicht er einfach weiter durch mein langes Haar.

»Wie lange lassen Sie denn Ihre Haare schon wachsen?«, fragt Fritz und mir ist die Situation noch unangenehmer, weil wir beobachtet werden.

Frank macht keinerlei Anstalten, damit aufzuhören und sogar Ben betrachtet uns neugierig. Ich kann es zwar nicht sehen, weil ich mich anscheinend nicht mehr bewegen kann, aber der Drache hat auf einmal seinen Angriff auf die Burg beendet.

»Eine ganze Weile«, antworte ich auf die Frage, obwohl die Zeit, die ich für diese lapidare Antwort gebraucht habe, bereits jede Form der Höflichkeit überschritten hat.

Instinktiv möchte ich auf Abstand gehen, aber Frank rutscht im selben Moment näher an mich heran. Natürlich nur, weil er genau das Bauteil hinter mir braucht. Ich glaube, ich zittere, als sein Gesicht ganz nah an meinem vorbeikommt. Die Zeit scheint stehenzubleiben. Aber wir schaffen es tatsächlich, unter extremer erotischer Spannung, diese Burg fertig zu bauen.

Erika greift nach dem Fotoapparat und springt von der Couch auf: »So, ihr habt ja lange mit der Burg gekämpft. Bitte alle für das Siegerfoto posieren!«

Ben legt sich neben seine Burg auf den Boden und hält den Drachen und einen Ritter in der Hand. Ich setze mich hinter die Burg und Frank kniet sich seitlich hinter mich.

»Bitte lächeln«, ruft Erika hinter dem digitalen Apparat hervor und ich zucke zusammen, weil Franks Hand unauffällig anfängt, meinen Rücken entlang zu fahren.

»Frank, schau in die Kamera!«, ruft seine Mutter und macht zwei Bilder.

Ben springt sofort auf, weil er das Ergebnis sehen will. Franks Hand fährt immer noch meinen Rücken auf und ab. Ich wende meinen Kopf ganz langsam zu ihm um und muss gestehen, dass mein Mund sich willig öffnet, als ich seinen erregten Blick sehe. Fritz räuspert sich und ich springe auf.

»Ben, es ist Zeit, ins Bett zu gehen«, brummt der Opa und obwohl ich Protest aus dem Kindermund erwarte, folgt Ben sofort.

Mein Erstaunen ist mir wohl anzusehen, weil Erika erklärt: »Er hat versprochen, ganz brav zu sein, wenn er bei Ihnen anrufen darf.«

Ben winkt mir zu und ich winke zurück. Frank steht ebenfalls auf, aber Erika sagt sanft lächelnd: »Lass nur, Frank, wir machen das.« Sie folgt Ben und Fritz.

Ich schwinge nervös meine Arme neben dem Körper und als es mir bewusst wird, verschränke ich verkrampft die Finger ineinander. Es ist ganz still und ich werfe Frank einen kurzen Blick zu. Er sieht mich immer noch so an.

»Du hast sehr nette Eltern …«, hauche ich.

Da stürmt Frank auf mich zu und nimmt mich fest in seine Arme. Sein heftiger Kuss löst meine verkrampften Finger sofort voneinander. Meine Arme hängen schlaff an meinem Körper hinunter und würde mich Frank nicht halten, wäre ich wahrscheinlich augenblicklich zusammengesackt.

Frank scheint nicht vorzuhaben, sich jemals wieder von mir zu lösen. Langsam ahme ich die Bewegungen seiner Lippen nach und traue mich, leichten Druck auf seine Lippen auszuüben. Meine Arme scheinen mir wieder zu gehorchen, weshalb ich meine Hände sofort in Franks Haaren vergrabe. Ich erschrecke kurz, als ich seine Zungenspitze an meinen Lippen spüre, gewähre ihm aber Einlass. Seine Zunge scheint mich zu necken und gleichzeitig zu liebkosen. Er spielt so lange mit meiner Zunge, bis ich mich traue, seinem Mundraum einen Besuch abzustatten. Darauf reagiert er dermaßen heftig, dass ihm ein Stöhnen entkommt, während er mich noch fester umschlingt.

Seine Lippen lösen sich von meinem Mund und begeben sich auf Wanderschaft. Ich spüre ihn auf meinem Gesicht, meinem Hals, meinen Ohren, meiner Schulter. Er hat mich aus seiner engen Umarmung entlassen und küsst meine Oberarme.

Weil er plötzlich innehält, öffne ich die Augen. Während wir beide atemlos schnaufen, konzentriert

136

sich sein Blick auf meinen Brustkorb, der sich sichtbar hebt und senkt. Während seine linke Hand mit meinem Haar spielt, beginnt er mit einem Finger seiner rechten Hand den Ausschnitt meines Kleides nachzuzeichnen. Dabei beobachtet er intensiv jede meiner Regungen. Vor Aufregung kann ich meine Augen nicht schließen und sein intensiver Blick hält mich gefangen.

Plötzlich streicht seine Hand ganz langsam über mein Kleid und nähert sich meiner Brust. Er lässt sich Zeit und sein Gesichtsausdruck verrät mir, dass ich ihm jederzeit Einhalt gebieten könnte. Dazu bin ich nicht in der Lage, denn während ich seine Hand beobachte, die sich Zentimeter für Zentimeter auf meine Brust zubewegt, kann ich es kaum noch erwarten, dass sie endlich dort ankommt. Es fühlt sich unbeschreiblich schön an, als ich seine warme Hand durch den Stoff meines Kleides fühle. Mein Kopf fällt nach hinten, meine Augen klappen zu und ich strecke ihm meine Brust entgegen. Er lässt sie nach einigen Streicheleinheiten wieder los und fährt stattdessen mit dem Handrücken zart über meine Brustwarze, die sich inzwischen klar und deutlich unter dem Stoff abzeichnet.

Wenn er nicht damit aufhört, werde ich bald in tausend Teilchen zerspringen. Allerdings möchte ich gar nicht, dass er jemals wieder damit aufhört.

Jetzt nimmt er sich mit seiner anderen Hand meine zweite Brust vor. Er stimuliert meine Warze auf ähnliche Weise. Ich kann mich kaum noch beherrschen, weshalb ich ihn einfach küsse, um dem Drang vor Lust laut aufzuschreien, zu widerstehen. Seine Daumen machen Dinge mit meiner Brustwarze, die ich niemals für möglich gehalten hätte. Ich drängele mich um mehr bettelnd an ihn und er quält mich immer weiter mit dieser süßen Lust, während ich verzweifelt an seinen Lippen hänge.

Er lässt so plötzlich von mir ab, dass ich erst gar nicht begreife, was los ist. Er hat Schritte auf der Treppe gehört und seine Eltern nähern sich. Frank dreht sich von mir weg und geht nervös ein paar Schritte auf und ab, bevor er sich verkrampft auf die Couch setzt und die Beine übereinanderschlägt.

Ich stehe immer noch an der Stelle, an der er mich geküsst hat, als seine Eltern ins Wohnzimmer zurückkehren.

»Wo habt ihr denn hier die Toilette?«, hauche ich beinahe tonlos und bin froh, dass ich das Wohnzimmer kurzzeitig verlassen kann.

Auf der Toilette stelle ich fest, dass ich inzwischen völlig vermenschlicht bin. Die Feuchtigkeit zwischen meinen Beinen ist mein Zeuge.

Als ich zurückkehre, ist von Franks Eltern keine Spur mehr zu sehen. Vor lauter Aufregung traue ich mich kaum, das Wohnzimmer zu betreten. Leise frage ich Frank, der immer noch auf der Couch sitzt: »Wo sind deine Eltern?«

Er räuspert sich und blickt verträumt an mir vorbei. »Die sind kurz zu den Nachbarn. Das ist inzwischen zu einer jährlichen Tradition geworden.«

»Oh«, sage ich, ohne zu wissen warum.

»Sie haben gemeint, wir sollen nicht auf sie warten«,

raunt Frank und plötzlich spüre ich seinen Blick auf mich gerichtet.

»Oh«, sage ich schon wieder und als Frank von der Couch aufsteht, gewinnt meine Aufregung Oberhand. »Öhm, dann gehe ich jetzt, glaube ich, lieber ins Bett.«

Frank kommt auf mich zu und ich bin ein echter Angsthase, weil ich vor ihm zurückweiche. Er erreicht mich und streichelt mit dem Handrücken meine Wange.

»Keine Angst. Ich tue nichts, was dir unangenehm ist.« Dann wird seine Stimme lauter und er fragt sachlich: »Soll ich dir dein Zimmer zeigen?«

»Ja«, krächze ich und muss mich räuspern.

Frank nimmt meine Tasche, die immer noch am Fuß der Treppe steht, und trägt sie für mich nach oben. Ich folge ihm und spüre mein Herz bis zum Hals klopfen. Er zeigt mir mein Zimmer, ohne es zu betreten.

»Wo schläfst du?«, frage ich und er antwortet sofort: »Nebenan. In meinem alten Zimmer. Willst du es sehen?«

Ich stimme zu, habe aber den Eindruck, zu etwas ganz anderem zugestimmt zu haben. Wir gehen in sein Zimmer und er schließt die Tür. Ich höre, wie er den Schlüssel herumdreht und mein Körper wird von einer Vorfreude erfüllt, die sich mit einem Kribbeln ihren Weg durch meinen Körper bahnt.

»Hier bist du also aufgewachsen?«, stammele ich verlegen und sehe mich um.

Er schlendert durch das Zimmer, wobei er mich umkreist wie ein Raubtier seine Beute. »Ja«, antwortet er schließlich. »Hier habe ich gespielt, gelacht, geweint, gestritten, unendlich viele Hausaufgaben gemacht … und hier hatte ich auch zum ersten Mal Sex.«

»Oh«, entkommt es mir schon wieder und ich frage mich, ob das langsam zur Gewohnheit wird.

Auf einmal bleibt Frank gegenüber von mir stehen. Er hat die Hände in den Hosentaschen, aber allein seine Nähe versetzt mich bereits in große Aufregung. Dann lehnt er seine Stirn an meinen Kopf und sieht mir tief in die Augen. »Ich denke, ich sollte deinen Ratschlag endlich befolgen«, knurrt er.

»Ratschlag?«

»Ich sollte endlich mit einer Frau schlafen«, erklärt er und weil ich erschaudere, ergänzt er: »Ich will schon eine ganze Zeitlang mit dir schlafen.«

Seine Hände verlassen seine Hosentaschen und finden meine Hüfte. Er küsst meinen Hals und flüstert: »Ich will dich verführen, dich nie wieder gehen lassen … ich will dich nackt unter mir spüren, deine Beine spreizen … und ich will, dass du ganz und gar mir gehörst.«

»Frank!«, kann ich nur hauchen, weil mich seine Worte so erregen wie die Küsse und seine Hände.

Er nimmt meine Hand und führt sie an seinen Schritt. Ich kann seinen steifen Penis deutlich durch die Hose spüren und es gefällt mir, dass meine Berührung ihm die gleiche Lust bereitet, wie seine Berührungen bei mir.

Da öffne ich den Knopf seiner Hose und fahre langsam mit meiner Hand in seine Unterhose. Er zieht sich den Pullover über den Kopf und begibt sich auf die Suche nach dem Reißverschluss meines Kleides, während er haucht: »Es macht mich fast verrückt, dass du keinen BH trägst.«

Ich kann mich mit meiner Hand in seiner Hose nicht richtig bewegen und ziehe mich zurück. Frank nutzt die Gelegenheit und schlüpft aus seiner Hose. Dann öffnet er den Reißverschluss meines Kleides und küsst mich, während er mich auf sein Bett zieht. Ich zucke kurz zusammen und Frank hält sofort inne, um mich fragend anzusehen.

Da flüstere ich: »Ich bin so aufgeregt.«

»Ich auch.«

Er küsst mich, bevor er weiterspricht: »Du brauchst keine Angst zu haben. Ich will dir nicht wehtun. Ich werde ganz behutsam sein und du musst mit mir reden, wenn dir etwas unangenehm ist.« Grinsend fügt er hinzu: »Natürlich auch, wenn dir etwas sehr angenehm ist.« Er lacht mich an und ich lächle immer noch sehr nervös.

Sirinas Worte fallen mir ein und ich versuche mich zu entspannen, indem ich Frank einfach machen lasse. Aber sie hat ja noch etwas gesagt! Bei diesem Gedanken zucke ich zusammen und Frank hält inne. Ich ziehe mir die Träger meines Kleides hoch und setze mich im Bett auf: »Ich muss noch schnell etwas holen.«

Kurze Zeit später kehre ich in Franks Zimmer zurück und schließe wieder ab. Bis zum Hals zugedeckt lacht er mich an und weil ich vor dem Bett am Boden seine Unterwäsche sehe, liegt die Vermutung nahe, dass er nackt ist. Ich werfe die Kondome auf das Bett und während Frank noch neugierig danach lugt, ziehe ich mir langsam das schwarze Kleid über die Schultern und lasse es auf den Boden fallen. Da schaut er mich einfach nur an und zwar von oben bis unten, sehr lange und intensiv.

»Du bist so schön«, raunt er mir zu. »Der helle Wahnsinn!«

Dann schlägt er seine Bettdecke auf, ich erhasche einen Blick auf seinen Körper und krieche zu ihm unter die Decke. Die warme Umarmung, mit der er mich empfängt, nimmt mir meine Aufregung etwas und als seine eine Hand das erste Mal ohne Stoffbarriere meine Brust berührt, während die andere Hand meine Unterhose langsam über den Beckenknochen schiebt, entspanne ich mich und lasse meine Selbstkontrolle von mir abfallen wie das kleine Schwarze.

In den frühen Morgenstunden wache ich neben Frank auf. Er schläft friedlich und sieht zerzaust und entspannt zugleich aus. Einfach zum Anbeißen! Dennoch ist es an der Zeit, mein Gehirn wieder einzuschalten.

Ich will Ben behutsam mit der neuesten Entwicklung konfrontieren, weshalb ich beschließe, in mein Gästezimmer zu wechseln. Außerdem ist alles so neu und ungewohnt für mich, dass ich mich erst einmal selbst darauf einstellen muss, bevor ich einem kleinen Jungen davon erzählen kann. Frank sieht das sicherlich genauso und wer weiß, vielleicht mag er mich ja nach dieser Nacht gar nicht mehr! Das wäre dann für Ben vielleicht eine herbe Enttäuschung – obwohl Frank nicht den Eindruck gemacht hat, als hätte es ihm nicht gefallen.

Haaalt! Stopp! Wenn ich bloß an die Worte denke, die er mir zugeraunt hat, spüre ich bereits dieses inzwischen vertraute Ziehen zwischen meinen Beinen. Also nichts wie weg!

Hastig sammele ich meine Anziehsachen ein, kann allerdings meine Unterhose nicht finden. Trotzdem verlasse ich sein Zimmer, lege mich noch einmal in mein Bett und schlafe sofort ein.

Als ich wieder aufwache, zaubere ich mich frisch, damit ich nicht zu duschen brauche, und entscheide mich für Jeans, Top und Hemd. Dann statte ich meinem Frank einen heimlichen Besuch ab. Er schläft immer noch tief und fest. Ich beobachte ihn eine Weile, als Ben mit lautem »Papa!« ins Zimmer stürzt.

Frank sitzt sofort senkrecht im Bett und sieht sich hektisch um. Seine Erleichterung, dass ich nicht mehr da bin, kann ich ihm ansehen. Ich habe also richtig gehandelt.

Ben springt zu seinem Vater ins Bett und reißt die Decke weg: »Aufstehen!« Da liegt meine Unterhose und Frank greift hektisch danach, um sie verschwinden zu lassen. Ich kichere, da Ben nicht meine Unterhose, dafür aber etwas anderes entdeckt hat: »Schläfst du nackig?«

Frank zieht die Decke wieder etwas höher und fährt sich mit der Hand durch das Haar. »Mir war so heiß heute Nacht«, brummt er müde und unhörbar stimme ich lachend zu: »Mir auch.«

»Ich schau mal, ob Carolyn schon wach ist«, ruft Ben und rennt aus dem Zimmer.

Schnell beame ich mich in mein Zimmer zurück. Ben klopft an und ich öffne ihm: »Na, hast du gut geschlafen?«

Ben zieht mich mit ins Wohnzimmer, wo die große Burg schon auf uns wartet. Er will damit spielen und ich bleibe bei ihm, um ihm dabei zuzusehen. Aus der angrenzenden Küche nehme ich das Geklapper von Geschirr wahr, weshalb ich zu Ben sage: »Ich sehe mal nach, ob deine Oma Hilfe brauchen kann.« Er nickt und lässt sich nicht stören.

»Kann ich Ihnen beim Tischdecken helfen?«, frage ich Erika, die bereits das Geschirr aus den Schränken holt.

»Ja, das wäre sehr nett von Ihnen. Wir sind sieben Personen.«

»Haben Sie die Nachbarn eingeladen?«

»Nein«, sagt Erika freundlich. »Bens Großeltern kommen.« Ich lasse beinahe den Teller fallen, den ich gerade in der Hand halte, und Erika ergänzt: »Carmens Eltern.«

»Das ist schön«, erwidere ich fröhlich, obwohl mir gerade das Herz in die Hose rutscht.

»Guten Morgen!«, ruft Frank hinter mir gut gelaunt und ich drehe mich zu ihm um. Da ist es schon wieder, mein breites Lächeln, das ich nicht unter Kontrolle bringe. Er grinst mich ebenfalls an.

Seine Mutter fragt: »Wie lange bleibt Ben denn bei Carmens Eltern?«

Der Blick, den Frank mir zuwirft, zeigt mir deutlich, dass er gerne mit mir in Ruhe darüber geredet hätte.

»Bis Silvester«, antwortet er leise.

»Ich muss jetzt gehen«, sage ich sofort zu Frank und laufe zur Treppe. Er holt mich ein.

»Carolyn, ich wollte es dir sagen«, sagt Frank ganz leise. »Du darfst dir nichts dabei denken. Sie sind sicherlich nicht sauer oder böse, wenn eine andere Frau hier ist. Sie wissen ja nicht, was heute Nacht zwischen uns war. Und selbst, wenn sie es wüssten, würden sie sich für mich freuen.«

Seine Arme umschlingen meine Taille und er zieht mich zu sich hin. Ich werde sofort weich in seinen Händen und er fragt mit einem Augenzwinkern: »Wie geht es dir heute Morgen?«

Ich kichere und lege meine Hände auf seine Brust, während ich schnurre: »Gut, sehr gut.«

Er küsst mich kurz. Als Erika mit der Wurstplatte aus der Küche kommt, gehen wir auf Distanz. Dennoch habe ich das Gefühl, als würde an meiner Stirn in blinkender Leuchtschrift stehen, was ich heute Nacht alles getan habe und was Frank heute Nacht alles mit mir getan hat. Ich habe ihn machen lassen und es war der reinste Wahnsinn. Augenblicklich laufe ich rot an und Frank wirft mir einen wissenden Blick zu, nachdem er seiner Mutter die Wurstplatte abgenommen hat, um sie zum Tisch zu bringen.

»Sieh mich nicht so an«, presse ich leise hervor.

»Wie denn?«

»Na, so eben.«

»Du machst mich so scharf, ich kann nicht anders schauen«, erklärt er und ich lege erschrocken einen Finger vor den Mund, weil er meiner Meinung nach zu laut ist.

Während wir den Tisch gemeinsam decken, liegt wieder diese knisternde Spannung in der Luft. Wir schleichen umeinander herum und bei jeder Gelegenheit streifen oder berühren wir uns kurz.

Als Carmens Eltern eintreffen, bin ich natürlich wieder aufgeregt. Ben springt den beiden entgegen und stellt mich vor, was es mir etwas leichter macht. Ich glaube, für Frank ist das auch angenehm.

Beim Frühstück werde ich von den beiden ganz intensiv beobachtet und ich bin sehr froh darüber, dass ich nicht neben Frank sitze. Da Ben zwischen uns sitzt, fühle ich mich allerdings nicht so hundertprozentig wohl, weil wir wie eine kleine Familie aussehen. Nicht, dass ich etwas dagegen hätte, aber vielleicht will ich das nicht unbedingt in Gegenwart von Carmens Eltern.

»Wie lange sind Sie denn schon bei Frank und Ben?«, fragt mich Carmens Vater plötzlich.

»Ungefähr einen Monat.« Es beruhigt mich, dass er mich leicht anlächelt.

Ben erzählt laut: »Sie ist fast ein Engel.« Die Erwachsenen lachen und Ben tut mir leid, weil ich ihm die Sache ja so erzählt habe.

Frank lacht nicht mit, sondern schaut mich zärtlich an und sagt: »Ja Ben, da hast du vollkommen ins Schwarze getroffen.«

Ich werfe Frank einen Blick zu und nun weiß wohl jeder Anwesende über uns Bescheid. Carmens Mutter räuspert sich und ich würde am liebsten im Boden versinken, mich in Luft auflösen und ganz kurz überlege ich, ob ich mich nicht tatsächlich aus diesem Universum zaubern soll.

Aber die Oma mütterlicherseits will mich und Frank nicht tadeln. Sie wendet sich an Ben und sagt mit einem Lächeln im Gesicht: »Da hast du wirklich Glück, Ben. Nicht jedes Kind bekommt einen Engel vorbeigeschickt.«

»Sie sind von einem Verein aus Frankfurt? Erika hat das erwähnt. Wie hieß er noch gleich?«, fragt Carmens Vater.

»Die Wabe«, antwortet Frank und weil er mein Unbehagen zu bemerken scheint, wechselt er das Thema. »Liegt bei euch Schnee?«

Später fährt Ben mit Carmens Eltern mit und Frank und ich verabschieden uns von seinen Eltern. Die Fahrt zurück nach Frankfurt dauert eine Weile. Irgendwann fragt Frank: »Was machst du so die nächsten Tage?«

»Nichts.«

»Kommst du mit zu mir? Ich habe die nächsten Tage eine sturmfreie Bude.«

Als Antwort lege ich meine Hand auf seinen Oberschenkel und lächle still vor mich hin.

Kaum ist die Wohnungstüre hinter uns geschlossen, reißen wir uns förmlich die Kleider vom Leib und schaffen es für den ersten Höhepunkt nicht einmal bis ins Schlafzimmer. So geht das die nächsten Tage. Wir leben von Luft und Liebe und verlassen das Bett nur, um einige unvermeidliche Dinge zu erledigen.

Am Abend vor Silvester liegen wir nackt eng aneinander gekuschelt im Bett, als das Telefon klingelt. Frank setzt sich auf und als ich ihn mit Küssen zurückhalten will, raunt er: »Das wird Ben sein. Wir wollten ausmachen, wann ich ihn morgen abholen komme.«

Ich lasse Frank ziehen und höre ihn eine ganze Weile am Telefon murmeln. Als ich ihn nicht mehr murmeln höre, er aber auch nicht zurückkommt, mache ich mich auf die Suche nach ihm. Er hat sich Hemd und Unterhose angezogen, sitzt am Küchentisch und starrt das tragbare Telefon in seiner Hand an, als sähe er sich einen Film in dem kleinen Display an, was er aber nicht tut.

Während ich Franks Bademantel vom Boden aufhebe und mir überziehe, denke ich, dass wir hier viel zu tun haben, bevor Ben morgen nach Hause kommt. Ich will mich Frank nähern, um ihn zärtlich von hinten zu umarmen, aber seine Stimme lässt mich gefrieren, als er fragt: »Wer bist du, Carolyn?«

»Was?«

Er sieht mich böse an und knurrt etwas lauter: »Du hast mich schon verstanden.«

Ich versuche ein Lächeln: »Ich bin Carolyn.«

»Mein Schwiegervater ist etwas irritiert. Sie waren so begeistert von deinem Verein, dass sie eine Spende machen wollten. Was könnten Sie dabei herausgefunden haben?«, zischt er auf einmal ganz leise.

»Ich weiß nicht?!«, lüge ich und weiß, dass gleich etwas Schreckliches passieren wird.

Frank brüllt mich an: »Den Verein gibt es nicht. Es hat ihn nie gegeben. Wer bist du? Woher kommst du? Was willst du?«

So fühlt es sich also an, wenn einem das Herz bei lebendigem Leib aus dem Körper gerissen wird. »Das kann ich dir nicht sagen«, hauche ich leise und zucke zusammen, weil er weiterschreit: »Mischt sich in unser Leben ein, lässt sich bei uns häuslich nieder und erzählt meinem Sohn merkwürdige Geschichten. Bist du aus der Psychiatrie abgehauen?«

»Nein, ganz bestimmt nicht!« Meine Stimme hat weniger Materie als ein dünner Faden.

Frank springt auf und umfasst meine Handgelenke mit den goldenen Reifen daran: »Was sind das für Dinger? Erklär es mir.«

»Das sind Armbänder, ganz normale Armbänder.« Tränen rinnen mir die Wangen hinunter.

Frank lässt meine Handgelenke ruckartig los und sie schmerzen entsetzlich. »Lügnerin! Am liebsten würde ich die Polizei rufen und dich verhaften lassen, aber ich bringe es nicht über mich. Nicht wegen dir oder mir, sondern wegen Ben.«

Frank dreht mir den Rücken zu und ich starte einen letzten Versuch: »Frank, bitte. Ich liebe dich.«

Er schüttelt nur den Kopf und seine harte Stimme schneidet mir tiefe Wunden in meine Seele: »Ich will, dass du jetzt gehst, sofort. Ich will dich nie wieder sehen. Und halte dich von Ben fern.«

Ich schlucke und senke meinen Kopf.

»Hast du verstanden?«, fragt er nach und sein Kopf dreht sich leicht nach hinten, damit er mich aus dem Augenwinkel sehen kann.

»Ja«, wispere ich fast lautlos.

Bevor ich für immer aus Franks Leben verschwinde, nehme ich jedoch all meinen Mut zusammen und versuche etwas lauter einige Dinge loszuwerden. »Ich gehe und ich kann verstehen, dass du wütend bist. Die Wabe gibt es tatsächlich nicht, jedenfalls nicht so, wie ich es dargestellt habe. Es gibt Dinge, die ihr erwachsenen Menschen nie verstehen werdet, weil eure Vorstellungen völlig verkümmert sind. Das ist bei Kindern anders. Ich kann dir nicht die Wahrheit über mich sagen. Ich kann dir nur sagen, dass Ben mehr Ahnung von mir hat, als du jemals begreifen wirst. Und eines solltest du wissen: Wenn ich jetzt gehe, dann werde ich tatsächlich nie wieder zurückkommen. Es ist nicht so, dass du in ein paar Tagen feststellen kannst, dass du gerne mit mir reden würdest. Wenn ich jetzt gehe, werde ich weg sein – für immer.«

Frank scheint kurz über meine Worte nachzudenken, aber natürlich ergibt für ihn nichts einen Sinn. Er sagt schließlich: »Ich will, dass du für immer verschwindest. Sofort.«

Ich nicke und gehe einfach aus seiner Wohnung, in seinem Bademantel. Vor der Tür blinzele ich mich in die Wabe zurück und lösche jedes Zeichen meiner Anwesenheit aus Franks Wohnung.

Dass Frank nach ein paar Sekunden ziemlich wütend seine Wohnungstür aufreißt, weil er mich in seinem Bademantel dort vermutet, bekomme ich nicht mit. Als ich nicht vor seiner Tür stehe, rennt er die Treppe hinunter bis auf die Straße und sieht sich um. Anschließend läuft er zurück in die Wohnung und als er mein Zimmer betritt, wird ihm doch etwas komisch zumute, weil es genauso aussieht wie an dem Tag, als ich eingezogen bin. Er reißt den Kleiderschrank auf und findet nichts. Keine Bekleidung, keine Koffer, kein einziges persönliches Stück von mir. Ich denke, das ist der Moment, in dem er anfängt, über meine Worte nachzudenken, spätestens jedoch dann, als er seinen Bademantel fein säuberlich zusammengelegt auf seinem Bett liegen sieht.

Ich weine bitterlich auf meiner Bananenliege. Jeder, der versucht mit mir zu reden, gibt auf, sogar der Oberdschinn, der eigentlich ein paar Takte Tacheles reden will, geht unverrichteter Dinge und kündigt sich für die nächsten Tage wieder an.

Ich weine und starre auf die Blase. Das geht sehr lange so und ich weiß auch, wann sie zerplatzen wird, nämlich genau in dem Moment, in dem Bens Traum platzt. Und solange werde ich hier sitzen und dieser zarten Blase die letzte Ehre erweisen. Ich werde dabei sein, wenn Ben davon erfährt, dass ich weg bin.

Wie lange ich schon dasitze und die Blase anstarre, weiß ich nicht, aber als sie auf einmal lautlos verschwindet, zucke ich zusammen, sacke auf die Liege und mache mich ganz klein.

Es ist vorbei. Ich kann mich nun nicht mehr zu Frank und Ben blinzeln. Ich kann keine Aufzeichnungen oder Live-Übertragungen aus ihrem Leben ansehen. Ich bin aus dem Fall draußen. Frank hat mich aus seinem Leben ausgesperrt.

Kapitel 9

Drei Monate später

Ich gehe täglich in die Gruppensupervision, habe einmal wöchentlich Einzelsupervision und verbringe sehr viel Zeit mit Sirina. Dennoch fühle ich mich nicht in der Lage, einen neuen Auftrag anzunehmen. Auch der Rat des Oberdschinn, ich solle alle Geschehnisse in einer Art Tagebuch sammeln, um damit besser klar zu kommen, hilft mir nicht wirklich weiter. Sirina ist die Einzige, die ansatzweise erahnt, wie es mir geht.

Falls ich jemals wieder arbeiten sollte und Wünsche bearbeite, die etwas mit einem gebrochenen Herzen zu tun haben, werde ich besonders sorgfältig vorgehen. Das habe ich mir geschworen.

Von Sirina erfahre ich immer wieder, dass kleine Seifenblasen von Ben eintreffen, die aber nicht bearbeitet werden können, weil er sich ganz konkret meine Rückkehr wünscht.

Ich ignoriere diese Informationen, da die Zeit meine Wunde keinesfalls heilt. Der Schmerz ist immer da. Weil aber anscheinend von meinem Umfeld so langsam erwartet wird, dass ich wieder in die Spur zurückfinde, tue ich bei den Supervisionen einfach so, als ginge es mir schon wesentlich besser.

Eines Morgens stattet mir der Oberdschinn einen Besuch ab. »Carolyn, es wird Zeit, dass Sie wieder loslegen. Je länger Sie warten, umso schwieriger wird es werden. Gehen Sie und ziehen Sie eine Blase.«

Ohne Widerspruch verbeuge ich mich. Der Dschinn begleitet mich in die große Halle und ich meide den Tisch, an dem ich Bens Blase gezogen habe, obwohl er frei ist. Nachdem ich die bekannte Prozedur durchgeführt habe, schwebt eine kleine grünliche Blase auf mich zu und ich versenke sie in der Mulde des Tisches.

Ich sehe einen sehr alten Mann und schnaufe erleichtert durch. Er liegt im Sterben und wünscht sich nichts sehnlicher, als dass seine Familie noch einmal zu ihm zu Besuch kommt. So weit so gut. Seine beiden Söhne sind erwachsen und haben Familien. Der eine Sohn wohnt in Alabama und der andere in Regensburg. Der alte Mann liegt in einem Krankenhaus in … Frankfurt. Das darf doch nicht wahr sein!

Innerlich schreie ich nach Hilfe und der Oberdschinn, der mich von der Galerie aus beobachtet, antwortet sofort: »Was ist los?«

»Es ist Frankfurt, Dschinn. Wieso ist es Frankfurt?«

»Die Blase sucht sich den Dschinn aus, nicht umgekehrt.«

Ich statte dem alten Mann im Krankenhaus einen kurzen unsichtbaren Besuch ab und rede etwas mit ihm, merke aber schon, dass er schlecht auf mich reagiert. Es gibt Menschen, die sehr gut auf diese unterbewusste Ansprache reagieren, andere reagieren nur zögernd, manche gar nicht. Bei dem alten Mann werde ich um einen persönlichen Besuch nicht herumkommen. Zuerst will ich jedoch die Söhne bearbeiten. Der alte Mann hat sich mit ihnen zerstritten und vor längerer Zeit den Kontakt abgebrochen. Trotzdem renne ich offene Türen ein, als ich den beiden sichtbar und unsichtbar auf den richtigen Weg helfe.

Nachdem ich Alabama und Regensburg klargemacht habe, was erstaunlich leicht ging, kehre ich in das Krankenhaus zurück. Ich habe beschlossen, den alten Mann einfach zu besuchen und ihm die Botschaft zukommen zu lassen, dass seine Söhne auf dem Weg zu ihm sind. Vielleicht gibt ihm das noch die Lebensenergie, die er braucht, um durchzuhalten.

Zu diesem Zweck gebe ich mich als Ärztin des städtischen Krankenhauses aus. Mein Haar habe ich wie Rapunzel zu einem langen Zopf gebunden und ich trage meine hässliche Brille samt weißem Kittel. Mit einem Klemmbrett in der Hand marschiere ich zielstrebig den Flur des Krankenhauses entlang. Dem neugierigen Blick einer Krankenschwester begegne ich selbstbewusst und streng. Schnell gehe ich in das Zimmer von Herrn König und setze mich an sein Bett.

»Herr König? Können Sie mich hören?« Mit Freude sehe ich, dass der alte Mann seinen Kopf in meine Richtung wendet.

»Sie waren schon einmal da«, krächzt er und ich lächle ihn an. Die Wahrnehmung von Sterbenden ist erstaunlich. Ich nicke und er sagt: »Sie haben damals so leise geredet. Ich konnte Sie kaum verstehen.«

Dieser Mann wird bald sterben und er hat die Wahrheit verdient. »Herr König, Ihr Wunsch hat mich erreicht. Ich war bei Ihren Söhnen und ich kann Ihnen mitteilen, dass die beiden zusammen mit ihren Familien auf dem Weg hierher sind. Sie müssen nur noch ein paar Tage durchhalten.«

»Hat Gott Sie geschickt?«

»Nicht direkt.«

»Wie heißen Sie, junge Frau?« Der Mann beginnt zu husten.

»Carolyn«, sage ich, als der Hustenanfall vorüber ist.

»Also für mich klingt das verdächtig nach einem Engel.« Er lächelt mich an.

»Sie sind ein alter Charmeur, Herr König. Wissen Sie das? Aber ich bin wirklich kein Engel.«

Herr König hustet wieder kurz: »Das hat meine Frau auch immer gesagt und jetzt ist sie einer.«

»Ist sie schon oben?« Er nickt. »Sie werden sie bald wiedersehen«, sage ich aufrichtig und als mir der alte Mann in die Augen sieht, spüre ich, dass er mir glaubt.

»Sind Sie ein Geist?«

»Nein, meine Kollegen und ich wohnen eine Etage unter Ihrer Frau.« Weil ich weiß, dass dieser alte Mann mit seinem Wissen keinem mehr schaden kann, weder sich selbst noch anderen, mache ich mir wegen meiner Offenheit keine Sorgen.

Der Mann hustet wieder und dann äußert er die Befürchtung, die ich selbst habe: »Was ist, wenn ich es nicht mehr schaffe? Ich habe noch nie meine Enkel aus Alabama gesehen.«

Meine Lippen nähern sich seinem Ohr und flüstern ihm einige Worte hinein, während ich meine Hand auf seine Lunge lege, die kaum noch ihre Arbeit verrichtet. Er lächelt, als er meine Magie spürt, und atmet augenblicklich leichter.

Kurze Zeit später verlasse ich das Zimmer und marschiere den Gang entlang in Richtung Ausgang. Da höre ich Kindergesang aus dem Aufenthaltsraum und als ich dort vorbeigehe, passieren mehrere Dinge gleichzeitig.

Ich erkenne, dass es sich bei den Kindern um eine Schulklasse handelt, die einigen Patienten ein Frühlingslied vorsingt. Mein Lachen erstirbt, als ich die Lehrkraft erkenne und diese mich. Wie in Zeitlupe formt sie mit ihrem Mund meinen Namen und schon löst sich ein Junge aus der Gruppe und rennt auf mich zu. Ben. Ich gehe einfach weiter, als wäre ich die falsche Person, beschleunige aber meinen Schritt, als ich am Aufenthaltsraum vorbei bin.

»Carolyn!«, ruft Ben und er klingt so verzweifelt und gleichzeitig erfreut, dass es mir das Herz zerreißt.

Fast schon rennend verfluche ich meine hochhackigen Schuhe. Gleich habe ich eine Ecke erreicht und wenn dahinter niemand zu sehen ist, werde ich verschwinden. Bens Schritte hallen immer noch hinter mir, als ich um die Ecke husche und mit dem nächsten Blinzeln in meiner Wabe ankomme. Das war knapp!

»Wo sind wir?« Das ist Bens Stimme! Als ich mich langsam umdrehe, steht Ben in weißer Wabenkleidung hinter mir. In seiner Hand hält er mein Haar, an dem er sich festgehalten hat.

»Ben!«, schreie ich auf und er fällt mir weinend in

die Arme. Ich weine mit und obwohl ich genau weiß, dass er nicht hier sein dürfte, vergeht sehr viel Zeit, bis wir uns voneinander lösen.

»Sind wir im Himmel? Bin ich jetzt tot?«, fragt Ben.

»Nein Ben, ich habe dir doch gesagt, ich bin kein Engel.«

Mit einem geschmeidigen Geräusch öffnet sich die Tür meiner Wabe und der Oberdschinn kommt herein. Ben und ich stehen auf. Ich lege schützend meine Arme auf seine Schultern und drücke seinen Körper an mich.

Der Oberdschinn schüttelt tadelnd den Kopf. »Die Haare Carolyn! Habe ich Ihnen nicht immer gesagt, dass Sie mit den Haaren aufpassen müssen?«

Ausgesprochen frech erwidere ich: »Sprechen Sie da aus Erfahrung?«

Wie ertappt stutzt der Dschinn kurz. Dann sagt er mehr zu sich selbst als zu Ben: »Was machen wir jetzt mir dir, junger Mann?«

»Ich bringe ihn sofort zurück«, schlage ich vor.

Aber der Dschinn hebt nur den Zeigefinger und sieht ins Nichts. »Zu spät«, meint er und verlässt meine Wabe mit den Worten: »Folgt mir!«

Ich nehme Ben an der Hand und wispere: »Bleib bei mir und verhalte dich unauffällig.«

Als ob das ginge! In der Wabe gibt es keine Kinder und als ich mit Ben an der Hand hinter dem Dschinn hereile, werden wir schnell zum Zentrum der allgemeinen Aufmerksamkeit. Obwohl der Dschinn relativ klein ist, legt er ein beachtliches Tempo vor und ich habe genug damit zu tun, Ben hinter ihm herzuzerren.

Wir hätten uns auch unauffälliger in das Büro des Dschinns bewegen können. Aber der unsichtbare Sprung ist in der Wabe verpönt und es gilt als äußerst unhöflich, einfach in den Wohnbereich eines anderen Dschinns zu springen. Außer dem Oberdschinn persönlich traut sich das hier niemand.

Wir gehen über die Galerie durch die große Halle, in der zum ersten Mal, seit ich hier bin – und das ist schon eine Weile – ein allgemeines Raunen und Stimmengewirr anschwillt. Mit einem energischen Handzeichen sorgt der Oberdschinn augenblicklich für Ruhe.

Ben flüstert in mein Ohr: »Was sind das für Seifenblasen?« Er deutet auf den großen Trichter und beobachtet fasziniert, wie die Blasen oben hineinschweben und unten wieder herauskommen.

»Das darf ich dir leider nicht sagen, Ben.«

Wir erreichen den Raum des Dschinns und er erweckt mit einem Zwinkern sofort seine Leinwand zum Leben. Er spult einige Szenen zurück und wir landen genau in dem Moment, als Ben und ich aus dem Krankenhaus verschwunden sind. Die Lehrerin ist in heller Aufregung und ruft sofort in der Schule an, die dann Frank verständigt.

Der Dschinn blinzelt zu einer anderen Szene und sagt: »Das passiert momentan.«

Frank sitzt bei der Polizei und erstattet Anzeige gegen mich, weil ich Ben entführt habe.

»Ach du ...«, entfährt es mir.

Ben sieht fasziniert zu. »Was macht mein Papa da?«

»Er macht sich Sorgen um dich. Er meint, ich hätte

dich einfach mitgenommen, weil ich dich ihm wegnehmen will.«

»Papa! Das stimmt nicht«, ruft Ben laut und der Oberdschinn erklärt milde: »Er kann dich nicht hören. Ich fürchte, du musst allen sagen, dass du abgehauen bist. Das ist die einzige Lösung.«

»Und Carolyn? Ich möchte, dass sie wieder heimkommt«, schluchzt Ben.

»Ich bin hier zuhause, Ben. Ich kann nicht wieder zurückkommen.«

»Papa weint wegen dir«, sagt er zornig und ich sacke zusammen.

»Er hat mich weggeschickt, Ben. Ich musste auf ihn hören.«

»Er hat gesagt, du bist einfach gegangen, weil du uns nicht liebhast«, behauptet Ben und ich schlucke meine aufkommende Trauer hinunter und meine Wut über Franks Lüge ebenfalls.

»Ich musste gehen, weil ich euch so liebhabe«, versuche ich, ihm zu erklären. Aber er ist wahrscheinlich zu jung, um das zu verstehen.

Auf dem Bildschirm ist die Befragung durch die Polizisten am Ende angekommen. Sie scheinen ziemlich hilflos zu sein, weil Frank nur meinen Vornamen kennt und ansonsten so gut wie nichts über mich weiß. »Sie sollten in der Psychiatrie anfangen zu suchen. Vielleicht auch in verschiedenen Klöstern. Sie hat einmal erwähnt, sie sei Nonne gewesen.« Frank sieht ziemlich fertig aus und besorgt.

Als er alleine ist, zieht er seine Geldbörse aus der Ja

ckentasche und sieht sich noch einmal das Foto an, das er den Beamten gezeigt hat. Ich presse die Lippen aufeinander und sehe das Bild von Frank, Ben und mir vor dem Weihnachtsbaum mit der Playmobilburg. Frank flüstert: »Carolyn, warum tust du das?«

Jetzt kann ich meine Tränen nicht mehr zurückhalten und der Oberdschinn ruft erzürnt: »Sie haben sich fotografieren lassen?«

»Ja, meine Güte, ich war verliebt und bin es noch.«

»In meinen Papa?«, fragt Ben und kichert, weil er in dem Alter ist, in dem das anscheinend irgendwie lustig ist.

»Der Junge muss sofort nach Hause und, Carolyn, Sie sind ab sofort vom Dienst suspendiert, auf unbestimmte Zeit. Keine Wünsche mehr, verstanden! Am liebsten würde ich Sie ganz aus dem Verkehr ziehen, aber Jesus hat so einen Narren an Ihnen gefressen, dass Sie mit einem blauen Auge davonkommen.«

»Ja, Dschinn, natürlich. Ich erbitte die Freigabe für den Heimweg des Jungen«, sage ich und verbeuge mich.

Der Dschinn hebt seine Hand und sagt: »Freigabe erteilt.«

Erleichtert schnaufe ich durch. Gleichzeitig bin ich irritiert, weil der Oberdschinn vor einem Menschenjungen so ehrlich spricht. Er scheint schon lange keinen Kontakt mehr zu Menschen gehabt haben, geschweige denn zu Kindern.

Ben spitzt die Ohren und hört aufmerksam zu. Wenigstens ist er so schlau, jetzt keine Fragen zu stellen.

Ich gehe vor ihm in die Hocke und halte ihn an

den Oberarmen fest: »Ben, ich muss dich nach Hause bringen. Dein Papa kommt sonst um vor lauter Sorge. Bist du bereit für eine kleine Reise?« Ben nickt und ich zwinkere.

Sofort stehen wir in seinem Kinderzimmer und weil er immer noch die weißen Sachen trägt, frage ich ihn: »Was hattest du heute an?« Er nennt mir die Dinge und ich zwinkere sie ihm eines nach dem anderen an den Körper.

»Ich wusste es. Du kannst wirklich zaubern. Und du hast den alten Chinesen Dschinn genannt«, sagt Ben und grinst frech.

»Du bist ein schlauer Junge, Ben. Aber du darfst leider mit niemandem darüber reden. Schaffst du das?« Ben nickt.

Dann stürmt er auf mich zu und umarmt mich: »Geh nicht, Carolyn, bitte, bitte.«

Hemmungslos weinend drücke ich den kleinen Kerl an mich. »Es tut mir so leid, Ben. Ich wollte deinen Wunsch so gerne erfüllen, aber ich habe total versagt. Ich habe alles falsch gemacht.«

Wieder gehe ich in die Hocke und ziehe aus dem Nichts eine kleine Wunderlampe hervor. »Manchmal hat man Träume und Wünsche und sie zerplatzen wie Seifenblasen. Aber deswegen darfst du nie aufhören, an deine Träume zu glauben. Vielleicht geht doch einmal einer deiner geheimsten Herzenswünsche in Erfüllung«, wispere ich, während ich Ben die Lampe überreiche.

Er nimmt sie an und auch über sein Gesicht kullern dicke Tränen.

»Ich hab dich ganz fest lieb«, schluchze ich noch, als wir einen Wohnungsschlüssel im Schloss klappern hören.

Ben springt davon: »Papa!«

Mit einem Blinzeln mache ich mich davon. Wie gerne sähe ich mir Frank noch einmal aus der Nähe an! Aber ich weiß, dass ich das nicht verkraften würde, weshalb ich sofort in meine Wabe zurückkehre.

Obwohl ich die nächsten Tage nicht mehr zu Herrn König ins Krankenhaus darf, um ihm bei der kurzfristigen Erweiterung seiner Lungenfunktion behilflich zu sein, erlebt er den Besuch seiner Familie noch. Ich kann leider nur von meiner Wabe aus zusehen. Die Blase dehnt sich aus, wird zu einem hellen Lichtstrahl und verglüht.

Am nächsten Tag muss ich zum Oberdschinn. Er aktiviert sofort seinen Bildschirm und ich sehe Ben, der freudig zur Wohnungstür läuft und »Papa!« ruft.

»Bitte, Dschinn, muss ich mir das wirklich ansehen?«

»Sehen Sie hin und lernen Sie für die Zukunft!«

Frank fällt Ben sofort um den Hals und drückt ihn, als hinge sein Leben davon ab. Ich höre, wie er Ben fragt, ob ich ihm etwas angetan hätte. Ben weist das völlig locker von sich und zieht Frank mit viel Kraft in sein Kinderzimmer, in dem er mich noch vermutet.

Ben sieht sich verwundert um.

»Wie bist du eigentlich in die Wohnung gekommen? Du hast doch deinen Schlüssel im Schulranzen und der ist noch in der Schule«, fragt Frank.

»Carolyn hat mich nach Hause gebracht.«

»Hatte sie etwa einen Schlüssel?«, fragt Frank entsetzt.

»Nein«, sagt Ben und sein Mund wird zu einem dünnen Strich.

Frank hält mich tatsächlich für einen totalen Psycho. Als ob ich mir heimlich den Wohnungsschlüssel nachmachen lassen und seinen Sohn entführen würde!

»Wie bist du dann herein gekommen?«

»Das darf ich dir nicht sagen.«

»Dieses Miststück!«, brummt Frank und ich reiße den Mund auf.

»Ich mag sie, Papa. Ich bin ihr nachgelaufen und habe mich unbemerkt an sie drangehängt. Sie wollte mich nicht mitnehmen. Sie wollte mich auch sofort wieder nach Hause bringen. Aber ihr Chef, so ein alter Chinese, der hat uns noch eine Weile aufgehalten ...«, erklärt Ben und ich liebe ihn schon alleine dafür, wie er sich für mich einsetzt.

»Ben, es tut mir leid, dass ich dir das jetzt sagen muss. Aber diese Frau ist krank im Kopf. Sie weiß nicht, was sie tut und erzählt Dinge, die nicht wahr sind.« Frank zückt sein Telefon.

An dieser Stelle bricht der Dschinn die Übertragung ab und sagt: »Er hat die Anzeige gegen Sie nicht zurückgezogen.«

»Macht nichts, ich werde nie wieder einen Fuß nach Frankfurt setzen«, erwidere ich ruhig.

Ein paar Tage später holt Frank Ben von der Schule ab. Er arbeitet momentan bis mittags im Büro und am Nachmittag von zuhause aus. Die Lehrerin bittet ihn kurz in ihr Büro und sagt: »Herr Bach, ich wollte Ihnen nur kurz etwas zeigen.« Sie zieht ein Heft von einem Stapel, blättert eine Seite auf und legt Frank das Bild vor die Nase.

Frank bemerkt spontan: »Das ist ein gutes Bild.«

»Ja, das ist es in der Tat. Aber das war im Religionsunterricht und die Kinder sollten Jesus malen.«

Frank begreift. Da steht zwar ein bärtiger Mann mit langem Haar, aber er trägt eine blaue Hose und eine schwarze Jacke. Eine Hand streckt er aus und hat sie auf den Kopf einer kleineren Person gelegt, die eindeutig Ben sein soll. Frank weiß, wie Ben sich selbst malt.

Die Lehrerin fährt fort: »Ben hat erzählt, er sei Jesus schon einmal begegnet und zwar in seiner Wohnung. Er hätte eine seiner Mitarbeiterinnen besucht.«

»Carolyn«, stellt Frank fest. Sie ist auch auf dem Bild. Ben hat sie völlig weiß gezeichnet mit einem langen Zopf, den Ben in seiner Hand hält.

»Ich rede mit ihm«, sagt Frank und steht auf. Er bittet, das Heft mitnehmen zu dürfen und die Lehrkraft reicht es ihm.

Mit dem Gespräch lässt sich Frank bis nach dem Mittagessen Zeit. Dann legt er das Heft mit dem Bild auf den Tisch und Ben sagt: »Wir sollten Jesus malen, so wie wir ihn uns vorstellen.«

Frank nickt und presst die Lippen aufeinander: »Aber du weißt schon, dass das ein ganz normaler Mann war, oder?«

Ben antwortet nicht auf die Frage. »Das darf ich dir nicht sagen.«

Ärger macht sich auf Franks Gesicht bemerkbar. »Ben, ich bin dein Papa. Du weißt doch, dass du über alles mit mir reden kannst.«

»Du hast mich angelogen!«

»Ich habe dich nicht angelogen, Ben!«

»Doch, du hast gesagt, dass Carolyn uns verlassen hat. Dabei hast du sie weggeschickt. Sie hat mich lieb und dich liebt sie auch.«

Frank kämpft mit der Aussage seines Sohnes und der Erkenntnis, dass sie stimmt. »Hat sie dir gesagt, warum sie hier war?«

Aber Ben blockt ab: »Lass mich.«

»Ben, bitte, stell dir einfach vor, du dürftest mit mir über all diese Dinge sprechen. Was würdest du mir gerne erzählen?«

Das funktioniert. Ben rennt in sein Zimmer und holt die Wunderlampe, die er vor seinem Vater versteckt hat, und jede Menge Zeichnungen. Er legt seinem Vater die Bilder hin und Frank arbeitet sich durch die verschiedenen Gemälde. Er versucht völlig unvoreingenommen an die Sache heranzugehen, kann aber nicht aus seiner Haut. Ben spürt das sehr genau und beantwortet seinem Vater keine Frage.

»Kann ich mir diese Bilder ausleihen?«, fragt Frank und Ben nickt.

Nachdem Ben zu Tobi zum Spielen gegangen ist, geht Frank mit den Bildern zur Polizei. Aufgeregt schildert er seine Befürchtungen, während die junge Polizistin die Bilder ansieht.

»Das muss irgendeine Sekte sein. Die haben bei

meinem Sohn eine Art Gehirnwäsche gemacht. Sehen Sie sich das an, alle sind weiß gekleidet und barfuß und alle tragen diese goldenen Armreifen. Der mit dem Bart ist auf jedem Bild drauf. Vielleicht ist das der Anführer. Und hier auf diesem Bild sieht es so aus, als hätten Sie meinen Sohn gezwungen, irgendeinen Propagandafilm anzusehen. Und da auf diesem Bild diese runden Bälle, die in diesem Behälter gesammelt werden. So etwas habe ich noch nie gesehen. Aber die goldenen Armreifen habe ich schon gesehen, bei dieser Carolyn.«

Die Polizistin schweigt lange und sieht sich die Bilder immer wieder an. Irgendwann steht sie auf und sagt: »Vielleicht kann Ihnen mein neuer Kollege weiterhelfen.«

Sie geht und Frank bleibt nervös zurück. Immer wieder blättert er durch die Gemälde voller Sorge um Ben. Er wünscht sich nichts sehnlicher als eine logische Erklärung für die merkwürdigen Dinge, die passiert sind.

Als ein riesiger, wuchtiger Mann das Besprechungszimmer betritt, blickt Frank auf. Der große Mann schließt die Tür und geht langsam zu dem freien Stuhl gegenüber von Frank. »Herr Bach, Sie haben also Probleme mit goldenen Armreifen?«

»Es geht um diese Carolyn und die Bilder meines Sohnes. Wie es scheint, tragen die alle solche Reifen.«

Der Polizist krempelt seine Ärmel hoch und Frank bemerkt, dass er ebenfalls diese goldenen Armbänder trägt.

»Mein Gott. Sie gehören auch zu denen!«, stellt Frank fest und will den Raum verlassen, weil er es mit der Angst zu tun bekommt. Der Polizist grinst: »Meine Kollegin meinte, Sie hätten ein Problem mit meinem Armschmuck und hat mich deshalb zu Ihnen geschickt. Setzen Sie sich oder ich lasse Sie in die nächste Psychiatrie einweisen, weil Sie auf mich den Anschein machen, Sie könnten sich oder andere gefährden.«

Frank ist ziemlich eingeschüchtert und setzt sich. Er traut sich nichts mehr zu sagen, aber auch der Polizist schweigt. Irgendwann sagt der Mann mit tiefer Stimme: »Fragen Sie schon. Das ist Ihre Chance. Eine zweite bekommen Sie nicht. Ich werde allerdings nur bedingt antworten.«

»Kennen Sie Carolyn?«

Nicken.

»Sind Sie eine Sekte?«

Kopfschütteln.

Frank schluckt und stellt eine Frage, die ihm schon länger durch den Kopf geistert. »Seid ihr etwas Übernatürliches?«

Nicken.

Frank begreift langsam, dass er Carolyn vielleicht Unrecht getan hat. »Geht es Carolyn gut?«

Schulterzucken.

»Ist sie in der Nähe?«

Kopfschütteln.

»Was wollte sie bei uns?«

Keine Reaktion.

Frank fährt sich nervös durchs Haar und formuliert die Frage um, wobei er es selbst nicht glauben kann, dass er das tatsächlich fragt: »Ist sie von Jesus zu uns geschickt worden?«

Der Mann wiegt den Kopf hin und her.

»Aber sie ist geschickt worden?«

Nicken.

»Wollte Sie uns etwas antun?«

Energisches Kopfschütteln.

»Sie wollte uns helfen?«

Nicken.

Frank überlegt fieberhaft, wie er weiter vorgehen soll, da klopft der Polizist mit dem Finger auf seine Uhr.

»Kann ich sie sprechen?«

Kopfschütteln.

»Ich muss mit ihr reden, bitte. Wo kann ich sie finden?«

Der Polizist zeigt mit dem Zeigefinger nach oben und Frank sieht unvermittelt an die Decke.

»Sie ist im ersten Stock?«

Kopfschütteln. Wieder geht der Finger des Polizisten nach oben.

»Im Himmel?« Jetzt macht der Mann mit seiner flachen Hand eine abschätzende Bewegung.

»Sie ist kein Mensch?«

Nicken.

»Sie auch nicht?«

Nicken.

»Was sind Sie? Warum sind Sie hier?«

Keine Antwort.

»Bitte helfen Sie mir. Ich ziehe auch die Anzeige gegen Carolyn zurück«, fleht Frank und der Polizist steht auf.

»Ich kann Ihnen nicht helfen. Ich habe mich sowieso schon zu weit aus dem Fenster gelehnt, indem ich überhaupt diesen Raum betreten habe. Ich muss jetzt meine Arbeit machen«, knurrt der Mann und geht in Richtung Tür.

»Bitte! Ich fürchte, ich habe einen schrecklichen Fehler gemacht.«

Der Polizist bleibt stehen und wendet sich Frank noch einmal zu: »Ich war in einer der Gruppen, in der Carolyn über Sie berichtet hat. Ich kann Ihnen nur den Rat geben, reden Sie mit Ihrem Sohn und hören Sie ihm gut zu. Er hat längst erkannt, wer wir sind. Und wenn ich mir die Bilder so ansehe, dann würde ich sagen, er war schon bei uns oben«, sagt der Polizist und verlässt den Raum.

Sofort kommt die junge Polizistin herein und fragt: »Sie wollen eine Anzeige zurückziehen?«

Während sie am PC das Formular vorbereitet, fragt Frank einfach: »Der Polizist, der eben hier war. Arbeitet der schon länger hier?«

»Nein, das ist ein Kollege, der kurzfristig für einen erkrankten Kollegen eingesprungen ist«, erklärt sie und fügt hinzu: »Und wissen Sie, was das Beste ist?«

»Jetzt bin ich aber gespannt.«

»Ich habe schon länger den heimlichen Wunsch, mich beruflich zu verändern, aber weil ich die körperlichen Voraussetzungen nie geschafft habe, hat sich Oliver bereit erklärt, mit mir zu trainieren und mich bei der Prüfung zu unterstützen«, erzählt die Polizistin strahlend.

Frank versucht, alle Informationen zu verarbeiten, und fasst einen Entschluss. Im nächsten Schreibwarenladen kauft er ein leeres Buch und setzt sich in ein Café. Dann fängt er an, alles, was ihm zu Carolyn einfällt, einzutragen. Er versucht dabei nun tatsächlich, von der unwahrscheinlichsten Wahrheit auszugehen und beginnt mit der Frage: Was ist, wenn Carolyn tatsächlich nicht von dieser Welt kommt? Er spielt mehrere Szenarien durch. Sie könnte eine Außerirdische sein, ein Engel, eine geisterhafte Erscheinung. Nach und nach fallen ihm viele kleine Details ein und er füllt die Seiten mit seinen Notizen.

Er kann sogar den Zusammenhang herstellen, dass das erste zufällige Treffen mit Carolyn in der Mittagspause des Tages war, an dem seine Mitarbeiterin Sibylle ihm plötzlich Salzstangen und ein Gebäckstück vorbeigebracht hat. Das war auch der Tag, an dem er in die Schule gerufen wurde, weil die ganze Nachmittagsgruppe in die Hose gemacht hatte. Und genau an diesem Tag hat auch seine Haushälterin gekündigt.

All diese Dinge lässt Frank mit wachsendem Erstaunen Revue passieren. Oft handelte es sich nur um Kleinigkeiten, über die er sich kurz gewundert hatte, denen er aber letztendlich keine größere Bedeutung beimaß. Da Frank die Dinge aber nun aus einer anderen Perspektive betrachtet, erscheinen sie in einem neuen Licht.

Es hat ihn gewundert, dass Carolyn beim ersten gemeinsamen Gespräch über seinen familiären Hintergrund relativ wenig schockiert war, hat dies damals aber ihrer Professionalität zugeschrieben. Nun denkt er, sie muss es schon gewusst haben. Sie sagte auch, sie sei älter, als er meine, und erledige alle Arbeiten mit einem Augenzwinkern.

Frank rauft sich die Haare. Sie hat ihn eigentlich nicht belogen. Ihre ehrenamtliche Tätigkeit, ihr Auskommen ohne Geld, ihre Begeisterung beim Essen, die Angst vor dem Autofahren und die Schwierigkeiten mit dem Staubsauger … Gerade Letzteres hat ihn sehr erstaunt, weil die Wohnung seit ihrem Einzug fast schon übertrieben sauber war.

Sie hat die Wahrheit gesagt, jedenfalls hat sie mit Ben sehr offen gesprochen und zugegeben, dass sie so etwas Ähnliches wie ein Engel sei und mit magischen Armbändern ausgerüstet zaubern könne.

Und er Idiot hat sie gebeten, den Jungen mit ihren Phantasiegeschichten nicht zu verderben! Auf einmal erscheint es ihm ganz klar, warum Sibylle, Sabine und Desiree plötzlich in sein Privatleben drängten: Carolyn wollte eine Frau für ihn finden! Aber warum? Er hatte sich keine Frau gewünscht. Es war nicht so wie bei der Polizistin.

Frank leert seine Kaffeetasse, während ihm wieder etwas einfällt: Als der junge bärtige Mann bei ihm klingelte und sich als ihr Chef vorstellte, da rief sie laut »Jesus Christus«, nachdem sie ihn gesehen hatte.

Ben hat Recht. Der Mann muss Jesus gewesen sein. Wer feiert schon an Weihnachten eine große Geburtstagsfeier, die laut Carolyn einfach himmlisch ist? Sie hat ihn ständig mit dem Kopf auf die Wahrheit gestoßen und er war mit seiner verkümmerten Vorstellungsgabe niemals auf die Idee gekommen, ihr zu glauben.

Frank lacht und flüstert in das Buch: »Das ist die beste Tarnung, die ich je gesehen habe. Niemand würde so etwas vermuten.«

Er winkt der Kellnerin, weil er bezahlen möchte, und denkt über den Tag nach, an dem Carolyn gehen wollte. Er hat dies nicht zugelassen. Nun kann er ihre Beweggründe jedoch verstehen. Sie muss geahnt haben, dass die Geschichte nicht gut enden würde, wenn sie länger in der Familie bliebe. Aber Jesus hat ihr den Ausstieg nicht ermöglicht. Warum? Ging es etwa bei der ganzen Sache nicht direkt um ihn, sondern vielmehr um … Ben?

Er muss mit seinem Sohn reden. Er will sich entschuldigen und kann nur hoffen, dass Ben sich ihm anvertrauen wird. Hastig steht er auf, um Ben bei seinem Freund Tobias abzuholen.

Obwohl Frank vor lauter Aufregung kaum stillsitzen kann, hält er sich zurück, bis er mit Ben in der Wohnung angekommen ist. Dann breitet er alle Bilder von Ben auf dem Tisch aus und erklärt ihm seine Notizen.

Anschließend gibt er offen zu: »Ben, vielleicht ist Carolyn wirklich nicht von dieser Welt? Ich möchte mich bei ihr entschuldigen. Dafür, dass ich sie weggeschickt und angeschrien habe. Ich habe sie falsch behandelt und wenn wir auch keine zweite Chance mehr bekommen, dann soll sie wenigstens wissen, dass ich mein Verhalten bedauere.«

Ben hört aufmerksam zu. »Du glaubst mir jetzt?«

»Ja, Ben, ich glaube dir. Erzähl mir alles, was du weißt.«

Frank schreibt jede noch so kleine Information in sein Notizbuch. Ben berichtet von seiner ersten Begegnung mit mir und es gelingt ihm, in Worte zu fassen, dass ihm meine Stimme von Anfang an bekannt vorkam. Er hatte auch später immer wieder das Gefühl, als sei ich in seiner Nähe und würde mit ihm reden, obwohl ich offensichtlich nicht anwesend war. Frank kennt dieses Gefühl und weiß genau, was sein Sohn ihm sagen will. Ben berichtet sehr ausführlich von seinem Besuch in meiner Welt und wie es dazu kam.

»Sie hatte im Krankenhaus also einen weißen Kittel an?«, fragt Frank nach.

»Ja, sie sah aus wie eine Ärztin und sie war erstaunt, mich zu sehen.«

»Sie war also nicht wegen dir da?«

»Sie erfüllt Wünsche«, erklärt Ben. »Sie ist ein Flaschengeist.«

»Ich habe mir keine Frau gewünscht, Ben. Und sie wollte mich offensichtlich gleich mit drei Frauen zusammenbringen.«

Ben wispert ganz leise: »*Ich* habe mir gewünscht, dass du wieder glücklich bist, und ich wollte wieder eine Mama haben.«

»Ach Ben, warum hast du denn nicht mit mir geredet?« Mit ausgebreiteten Arm geht Frank zu seinem Sohn und umarmt ihn, während der weint und schluchzt: »Du warst immer so traurig.«

Als Ben sich in seinen Armen beruhigt hat, denkt Frank laut nach: »Wir müssen uns also wünschen, dass sie wiederkommt.«

»Ich wünsche es mir jeden Tag ganz oft und es klappt nicht.«

»Dann müssen wir uns etwas anderes einfallen lassen. Wie hast du es geschafft, dass du bei ihr mitgeflogen bist?«

»Nicht geflogen, Papa!«, lächelt Ben. »Wir waren einfach sofort bei ihr.«

»Ja, schon klar. Aber was hast du gemacht?«

»Ich habe mich an ihrem Zopf festgehalten.«

Da schmiedet Frank einen Plan. »Hör zu, Ben, die nächste Woche ist noch Schule, dann sind Osterferien. Wie wäre es, wenn ich Oma und Opa frage, ob du in den Ferien zu ihnen kommen kannst? Ich muss nächste Woche ein paar Dinge nachprüfen und dann versuche ich in den Ferien, irgendwie mit Carolyn zu reden.«

Ben nickt, bevor er fragt: »Was musst du denn nachprüfen?«

»Ach, ich muss einfach mit ein paar Leuten reden, damit ich sichergehen kann, dass ich nicht verrückt werde.«

Kapitel 10

Sein erstes Gespräch führt Frank mit Sibylle in seinem Büro. Sie will gerade den Raum verlassen, als er sie anspricht: »Hast du noch kurz Zeit?«

»Natürlich«, sagt sie nervös.

»Ich will dich nicht blöd von der Seite anreden, Sibylle. Aber kannst du mir irgendwie erklären, warum du so plötzlich an mir interessiert warst. Und bitte, ich halte dich sicherlich nicht für verrückt. Sei einfach ehrlich und sage mir, was dir so durch den Kopf geht.«

»Frank, ganz ehrlich, ich hatte schon immer etwas für dich übrig. Aber ich wäre nie auf die Idee gekommen, dich ins Theater einzuladen oder dich zu küssen. Es war fast so, als hätte mich eine unsichtbare Macht dazu gedrängt.« Frank lehnt sich kopfschüttelnd in seinem Stuhl zurück. Da ergänzt Sibylle zerknirscht: »Entschuldige, das klingt nun wohl doch verrückt.«

»Ganz und gar nicht, Sibylle. Ich danke dir.«

Nach der Arbeit geht Frank ins Krankenhaus und klopft an das Schwesternzimmer auf der Station, wo Ben Carolyn getroffen hatte. »Entschuldigen Sie, ich bin hier wegen der Sache mit meinem Sohn Ben, der …«

Weiter kommt er nicht, weil eine der Schwestern schon loslegt: »Das war ja vielleicht eine Aufregung! Wir waren alle so erleichtert, dass der Junge wieder aufgetaucht ist. Wissen Sie, diese Frau ist mir gleich aufgefallen, als sie hier auf die Station kam. Aber sie ging so zielstrebig und selbstbewusst in das Zimmer eines Patienten, dass ich nicht weiter nachgehakt habe. Wahrscheinlich hat sie sich dort nur versteckt.«

»Wie sich herausstellte, hat die Frau überhaupt nichts mit Bens Verschwinden zu tun. Er hat sie mit jemandem verwechselt und ist ihr nachgelaufen«, erklärt Frank.

»Oh«, sagt die Schwester nur.

Frank fragt ganz beiläufig: »Dieser Patient, ist der noch hier?«

»Schon, aber eine Etage tiefer.«

»Meinen Sie, ich könnte ihn besuchen?«

»Er ist heute Morgen verstorben.«

»Oh, das tut mir leid.«

»Es muss ihnen nicht leidtun«, lächelt die Krankenschwester. »Er war bereit zu gehen und er hatte keine Angst. Er war ein glücklicher Mann.«

»Das hört sich gut an.« Doch insgeheim ist Frank enttäuscht, weil er gerne mit diesem Patienten gesprochen hätte.

Die Schwester redet mehr zu sich selbst: »Er war so froh, dass seine beiden Söhne mit ihren Familien bei ihm waren, obwohl es lange Zeit nicht danach aussah, als würden die sich überhaupt für ihn inte-res-sieren.«

Da wird Frank wieder hellhörig: »Wann war das?«

»Jetzt erst, die letzten Tage, und obwohl er manchmal ziemlich verwirrt war, hat er den Besuch bei klarem Verstand mitbekommen.«

»Er war verwirrt? Inwiefern?«

»Er hat dauernd irgendetwas von einem Engel gefaselt, der ihm seinen größten Wunsch erfüllt habe.«

Frank verbringt den Rest der Woche damit, sich einen Plan für die Ferien zurechtzulegen. Kaum, dass er Ben zu seinen Eltern gebracht hat, fährt er zu dem Polizeirevier und wartet vor dem Gebäude. Irgendwann sieht er den wuchtigen Polizisten, der gerade zusammen mit der jungen Kollegin das Gebäude verlässt.

Frank springt aus seinem Wagen und läuft auf die beiden zu.

»Herr Bach?«, fragt die junge Polizistin sofort.

»Ja, hallo. Könnte ich Sie bitte kurz unter vier Augen sprechen?«, fragt Frank den großen Mann.

»Frank Bach! Sie scheinen einfach nicht aufzugeben, was?«

Die junge Frau geht alleine weiter und der große Mann kommt auf Frank zu: »Ich versuche, hier zu arbeiten. Sie können nicht einfach auftauchen und mich ansprechen.«

»Bitte, ich wollte Sie fragen, ob Sie mich mit nach oben nehmen könnten, zu Carolyn«, fleht Frank.

Der große Mann fängt zu lachen an und hält sich den Bauch: »Wie es scheint, hat es Ihr Sohn etwas schlauer angestellt als Sie. Wie soll ich das denn machen, häh? Ich bringe Sie mit und Sie sagen Hallo?«

»Ja, so habe ich mir das tatsächlich vorgestellt.«

»Herr Bach, wir haben in der Gruppe die Szene angesehen, als Sie Abschied nahmen von Carolyn. Sie hat Ihnen doch eindeutig zu verstehen gegeben, dass sie nicht mehr wiederkommen wird, wenn Sie sie wegschicken? Wie haben Sie sich ausgedrückt: *Ich will, dass du für immer verschwindest?* So ungefähr war das doch.«

Doch Frank gibt noch nicht auf. »Ich wusste doch nicht, dass sie gleich die Erde verlässt. Ich war doch gar nicht in der Lage, auf ihre Worte angemessen zu reagieren. Wenn ich gewusst hätte …«

»Wenn, wenn … Mann, ich fürchte, der Zug ist für Sie abgefahren. Leben Sie Ihr Leben und vergessen Sie Carolyn!«, rät der Mann und macht sich auf den Weg.

Frank ruft ihm nach: »Können Sie mit ihr reden?«

»Da halte ich mich heraus, Mann«, antwortet der Polizist, ohne sich noch einmal zu Frank umzusehen.

»Scheiße, ich liebe sie doch!«, schreit Frank und da hört er den Mann noch sagen: »Dann sollten Sie vielleicht mit Jesus reden, der hat für solche Dinge am ehesten Verständnis.«

Frank ist verwirrt, aufgeregt und verzweifelt, als er sein Gesicht zum Himmel wendet und aus vollen Hals brüllt: »Carolyn!«

Wütend und gleichzeitig erschöpft kommt Frank in seiner Wohnung an. »Mit Jesus reden, der hat gut reden. Wie stellt der sich das vor?«

Frank knallt die Schlüssel auf die Kommode neben der Eingangstüre und rauft sich die Haare, als sein Telefon klingelt.

»Hallo Ben!« Er versucht fröhlich zu klingen.

»Papa! Oma und Opa wollen mit mir Ostereier färben«, erklärt Ben und mit dem nächsten Atemzug fragt er: »Hast du sie gefunden?«

»Nein, noch nicht, Ben. Ich habe es wirklich versucht. Sie ist unerreichbar für mich.« Resigniert lässt sich Frank auf einen Stuhl im Esszimmer fallen.

»Papa, Carolyn hat mir gesagt, ich soll immer an meine Träume glauben. Dann gehen sie vielleicht doch noch in Erfüllung. Sie hat von einem geheimen Herzenswunsch erzählt, den man nie aufgeben darf. Papa, du musst daran glauben, dann geht dein Wunsch in Erfüllung.«

Von Bens Worten beinahe überzeugt, schöpft Frank tatsächlich wieder Hoffnung. »Mal sehen, was ich machen kann.«

Nachdem er aufgelegt hat, verlässt er die Wohnung wieder und geht dorthin, wo er eigentlich nie wieder sein wollte: zu der Kirche, in der er und Carmen die kirchliche Trauung gefeiert haben. Seit ihrem Tod hat Frank den Glauben völlig von sich gestoßen und nie wieder eine Kirche betreten. Schweren Herzens schleppt er sich bis in die erste Reihe und nimmt genau an der Stelle Platz, wo er bei Bens Taufe saß.

Er flüstert: »Also Jesus, hier bin ich. Ich hätte nicht gedacht, dass du mich noch einmal dazu bringst, hier zu sitzen. Aber der große Kerl meinte, ich solle es versuchen. Es geht um Carolyn. Ich liebe sie. Ich weiß natürlich, dass sie nicht mehr zu Ben und mir zurückkehren kann. Aber es wäre mir ein Wunsch von ganzem Herzen, dass ich sie noch einmal sprechen könnte, um ihr zu sagen, dass die letzten Worte, die ich mit ihr ausgetauscht habe, nichts bedeuten. Ja, das war es, was ich zu sagen habe. Also wenn du …«

»Wirklich schöne Worte, Frank!«, raunt eine Stimme hinter ihm.

Er zuckt zusammen und dreht sich um. Da sitzt Jesus einfach auf der Bank hinter ihm, steht auf, geht um die Bank herum und setzt sich neben Frank. Er trägt wieder eine blaue Jeans und die schwarze Lederjacke. Den liebevollen Blick trägt er wohl tatsächlich immer, denkt sich Frank und muss kurz darüber lächeln.

Jesus und Frank sitzen eine Weile schweigend da und betrachten den Altar und das große Kreuz, das darüber schwebt. Irgendwann deutet Frank mit dem Kinn zu der Jesusfigur am Kreuz und fragt: »Macht es dir nichts aus, dass du immer so dargestellt wirst?«

Jesus betrachtet sich und reibt mit einer Hand über die vernarbte Wunde der anderen Hand. »Ist lange her«, murmelt er.

Dann sieht er zu Frank und sagt: »Du hättest nicht hierherkommen müssen, um mit mir zu reden. Aber ich rechne es dir hoch an, dass du den Weg noch gefunden hast.«

Frank wendet seinen Blick zu Jesus und fragt mit einem Schulterzucken: »Und? Was machen wir jetzt?«

»Ja«, nickt Jesus. »Was machen wir jetzt?«

Wenig später spaziert Frank neben Jesus durch die nächtliche Stadt und fragt aufgebracht: »Aber warum kannst du mich nicht mitnehmen?«

»So versteh doch. Das ist ein Ding der Unmöglichkeit. Aber ich kenne jemanden, den ich dafür erwärmen könnte. Jemanden, der für die Liebe vielleicht dazu bereit wäre, eine Regel zu brechen.«

Frank schaut ihn zweifelnd an.

»Bei den Dschinns wird jeder Wunsch, der von Herzen kommt, in Form einer Blase registriert. Wenn du es schaffst, deinen Herzenswunsch genügend oft zu äußern, dann gehst du damit dem Oberdschinn, dem Chef der Flaschengeister, gehörig auf die Nerven. So bekommt vielleicht meine spezielle Bekannte, von der ich vorhin gesprochen habe, eine Möglichkeit, dich zu holen.«

»Das klingt zumindest nach einem Plan.« Frank ist noch nicht ganz überzeugt.

Auch Jesus seufzt: »Ich bin mir aber nicht sicher, ob wir Carolyn damit einen Gefallen tun. Sie kämpft auch so schon genug mit sich.«

»Wir haben keine Alternative!«

»Gut, dann solltest du sofort damit anfangen, die da oben mit deinem Wunsch zu bombardieren«, schlägt Jesus vor und geht langsam davon.

»Danke!«, ruft Frank ihm noch nach, da ist er schon verschwunden.

Wieder in der Wohnung angekommen, ruft Frank bei Ben an und berichtet: »Es gibt vielleicht gute Neuigkeiten. Ich weiß jetzt, was es mit diesen Seifenblasen auf sich hat, die du gesehen hast.«

»Was denn?«

»Das sind die Herzenswünsche der Menschen.«

Ben schweigt fasziniert und Frank berichtet: »Ich habe Jesus getroffen und er hat mir geraten, ich soll ganz oft meinen Wunsch nach oben schicken, dann würde mich vielleicht jemand abholen kommen.«

»Ja, Papa, ich helfe dir.«

»Aber Ben, du kannst doch nicht meinen Wunsch übernehmen!«

»Ich kann mir aber wünschen, dass dein Wunsch erfüllt wird, weil ich mir das wirklich wünsche.«

Frank lacht.

Den ganzen Abend über ist Frank damit beschäftigt, seinen Wunsch gedanklich zu formulieren, immer und immer und immer wieder. Er wechselt die Worte, sucht sogar im Internet nach Synonymen und als er schon zum Einschlafen im Bett liegt, murmelt er noch vor sich hin.

Der Oberdschinn läuft aufgeregt auf den großen Trichter zu, der völlig überfüllt zu bersten droht.

»Was ist denn los? Das hatten wir ja noch nie. Gab es eine Katastrophe auf der Erde?«, flüstert er einem Mitarbeiter zu, der ebenfalls besorgt den Trichter beobachtet.

Dieser verbeugt sich kurz vor seinem Chef und sagt: »Wie es scheint, verfolgt ein Mann mit dem Namen Frank Bach das Ziel, mit einer unserer Mitarbeiterinnen zu sprechen.«

»Wieder dieser Bach! Ich dachte schon, es ist mir zu verdächtig ruhig«, knurrt der Oberdschinn und fährt sich durch den Bart.

Der Mitarbeiter zeigt auf die Schreibtische, die bis auf den letzten Platz besetzt sind. Überall warten weitere Dschinns, bis ein Platz frei wird. »Das hält hier den ganzen Verkehr auf. Wir müssen all seine Wünsche aussortieren. Keine Ahnung, wie viele von dem noch im Trichter sind.«

»Ich könnte beim Sortieren helfen. Ich habe sowieso sonst nichts zu tun«, säuselt eine weibliche Stimme hinter dem Oberdschinn.

Dieser dreht sich um und sagt: »Sirina, sind Sie sicher?«

Sirina verbeugt sich und haucht: »Natürlich. Schließlich kann ich da nicht viel verkehrt machen und mir war schon immer daran gelegen, zu verhindern, dass der Verkehr aufgehalten wird.«

Dabei betont sie das Wort *Verkehr* so eindeutig, dass sogar dem Oberdschinn ein Lächeln über das Gesicht huscht.

»Also gut. Richtet ihr einen Arbeitsplatz ein und leitet alle eingehenden Blasen über ihren Tisch und dann erst in den Trichter«, befiehlt der Oberdschinn.

Sirina lächelt und macht sich sofort an die Arbeit. Niemand bemerkt, dass sie eine von Franks Blasen unter ihrem Gewand verschwinden lässt.

Irgendwann, als sich der Stau aufgelöst hat und wieder viele Tische frei sind, kommt ein anderer Dschinn, um sie abzulösen.

Sirina steht vom Tisch auf, entfernt sich langsam aus der Halle und steuert zielstrebig auf die Schulungsräume für angehende Dschinns zu. Dort stehen zwei Übungstische, die im Prinzip voll funktionsfähig sind. Glücklicherweise ist niemand anwesend und Sirina lässt die rosafarbene Wunschblase in die dafür vorgesehene Vertiefung gleiten.

Sie aktiviert ihren Auftrag und blinzelt sich auf die Erde – mit langen blonden Locken und einer üppigen Figur mit großem Busen.

Im Vorbeigehen betrachtet sich Sirina in einem Schaufenster. Sie lächelt sich selbstverliebt an und wiegt ihre Hüfte in dem engen roten Kleid, das sie ausgewählt hat. Dann macht sie sich auf den Weg in das Haus, in dem Frank Bach wohnt.

Frank wollte es sich gerade vor dem Fernseher gemütlich machen, nachdem er bestimmt fünfzig Mal seinen Wunsch losgeschickt hat, als es bei ihm an der Tür klingelt. Ein Blick durch den Türspion zeigt ihm ein stark geschminktes Gesicht mit Augen, die hinter langen Wimpern verführerisch klimpern. Frank öffnet die Tür und da steht ein Vollweib, wie es im Buche steht.

»Hallo, Süßer«, säuselt die Frau und lächelt, bevor sie ihren Mund zu einer bekümmerten Schnute verzieht. »Du musst mehr essen. Du bist ja nur noch ein halbes Hemd. Kein Training mehr, was?«

»Was wollen Sie?«, fragt Frank etwas ungeduldig, weil er die Frau noch nie in seinem Leben gesehen hat.

»Darf ich hereinkommen?« Mit dieser Frage schiebt ihn die Frau einfach auf die Seite. Sie zieht ihre eleganten Handschuhe aus und Franks Protest bleibt ihm im Hals stecken, als er die beiden goldenen Armreifen sieht.

Sirina bemerkt seinen Blick auf ihre Handgelenke und wedelt aufgeregt mit den Händen: »Ja, die Rettung naht.«

Frank schnauft tief durch: »Entschuldigen Sie, dass ich so unfreundlich war. Ich war der Meinung … irgendwie habe ich mir … ach, vergessen Sie es.«

»Schon gut, Süßer. Du bist nicht der erste Mann, der in meiner Gegenwart ins Stottern kommt.« Dann streckt Sirina Frank ihre Hände hin: »Darf ich um deine Hand anhalten?«

»Es geht jetzt gleich los?«

»Ja, Süßer, wir müssen uns sogar beeilen, bevor mein Ausflug hierher bemerkt wird.« Da reicht er ihr seine Hände und sie schnurrt: »Süßer, du hast sexy Hände.«

Im nächsten Moment stehen beide in Sirinas Wabe und Frank trägt die weiße Wabenkleidung, die für Männer üblich ist: eine weiße, weite Leinenhose und ein eng anliegendes weißes Shirt. Sirina ist ebenfalls wieder weiß gekleidet, wenn auch weit weiblicher, als der Rest von uns es sich trauen würde, wie immer.

Die Tür zu Sirinas Wabe gleitet auf und Jesus betritt den Raum, gefolgt vom Oberdschinn.

Ich liege auf meiner Bananenliege, wie so oft, und starre ins Leere. Da höre ich den Oberdschinn durch meine Gedanken geistern: »Carolyn, sofort in mein Büro!«

Noch während ich ein stummes *Ja* zurückschicke, setze ich mich seufzend auf. Behutsam schleiche ich, den Blick auf meine nackten Füße geheftet, durch die kahlen Gänge zum Büro des Dschinns. Geschmeidig gleitet die Tür zur Seite. Mein Blick löst sich von meinen Füßen und fällt auf Frank. Tatsächlich. Es ist wirklich Frank, der da nervös in einem Schalensessel sitzt und die Arme auf den Beinen aufgestützt hat.

Ich hauche »Frank!« und er will aufstehen, als er mich sieht.

»Sie bleiben gefälligst sitzen«, befiehlt der Oberdschinn und Frank gehorcht.

Weil ich mich nicht stark genug fühle, mit Frank in einem Raum zu sein, will ich nicht eintreten, auch wenn außer Frank noch drei weitere Personen anwesend sind. Etwas abseits an der Wand lehnt Sirina und winkt mir fröhlich zu. Jesus sitzt neben Frank und der Dschinn hat sich hinter seinem Schreibtisch aufgebaut, als führe er die Verhandlung gegen einen Schwerverbrecher.

Alle Blicke sind auf mich gerichtet und ich kann mich nicht mehr bewegen.

»Kommen Sie schon herein«, schimpft der Dschinn und nur, weil Jesus mich so warmherzig ansieht, tue ich ihm den Gefallen. Der letzte freie Stuhl ist völlig isoliert am anderen Ende des Zimmers hinter einem kleinen Tisch und der Dschinn deutet mit der Hand in die Richtung. Gebeugt schleiche ich auf diesen Platz zu und setze mich. Mein Blick saugt sich an der Tischplatte fest. Meine Hände verstecken sich nervös in meinem Schoß.

»Ihre Reaktion zeigt mir, dass Sie in diesem Stück keine Rolle hatten«, stellt der Dschinn einigermaßen zufrieden fest.

Sirina will etwas sagen, aber der Dschinn bremst sie sofort: »Sie sind nur körperlich anwesend. Wenn Sie sich nicht daran halten, werden Sie diesen Raum sofort verlassen.«

»Carolyn.« Franks leise Stimme erreicht mich, aber ich rühre mich um keinen Millimeter.

»Also«, sagt der Dschinn hart, »sagen Sie, was Sie zu sagen haben und dann werde ich persönlich dafür sorgen, dass Sie diesen Ort schnellstmöglich wieder verlassen.«

»Kann ich sie bitte unter vier Augen sprechen?« Alleine der Klang von Franks Stimme ist zu viel für mich. Meine Lippen beginnen zu beben und ich presse meine Augen zu.

Der Dschinn bleibt streng: »Ich bitte Sie, tun Sie einfach so, als wären wir nicht da. Es macht keinen Unterschied.«

Weil Frank eine Regung macht, wiederholt sich der Dschinn: »Ich sagte, Sie bleiben sitzen. Sie können ihr alles sagen, was Sie möchten, aber von diesem Platz aus. Glauben Sie mir: Ich komme Ihnen damit schon mehr als genug entgegen.«

Frank räuspert sich: »Carolyn, ich möchte dir sagen ... Würdest du mich bitte ansehen, wenn ich mit dir rede?«

Mich selbst zur Ruhe mahnend leiste ich seiner Bitte Folge. Es kostet mich unglaublich viel Kraft, ihm in die Augen zu schauen. Aber er sucht meinen Blick so intensiv, dass ich es nicht wage, wieder einzuknicken. »Carolyn, es war nicht gut, wie wir uns vonei-nander getrennt haben. Es tut mir leid, was ich zu dir gesagt habe, bevor ich dich weggeschickt habe. Es war falsch.«

Mit leichtem Nicken reagiere ich auf ihn.

Er scheint noch nicht fertig zu sein. »Danke, für alles. Ich bereue nichts.«

Völlig irritiert betrachtet der Oberdschinn mich, als ich mir eine Träne wegwische. »Ich bereue auch nichts«, wispere ich.

Aber der Dschinn stoppt mich. »Er redet, Sie hören zu.«

Frank schnauft tief durch und fährt fort: »Du hast mir gezeigt, dass ich noch am Leben bin und keine leere Hülle, die nur funktioniert. Dank dir kann ich wieder lachen und das Leben mit meinem Sohn genießen. Ich habe es sogar geschafft, nur noch halbtags im Büro zu sein, damit ich mehr Zeit für Ben habe. Du wärst so stolz auf ihn, wenn du ihn sehen könntest.«

Schon wieder rinnen mir Tränen über die Wangen. »Ich *bin* stolz«, hauche ich leise und Jesus schickt einen Blick zum Dschinn, dem daraufhin der Mund wieder zuklappt.

»Jedenfalls, ich wünschte, du könntest ...«, beginnt Frank, aber der Dschinn unterbricht ihn: »Halt, Sie haben alles gesagt, Frank Bach.«

Die Tür geht auf und zwei große Dschinns betreten den Raum: »Bitte bringen Sie Herrn Frank Bach gesund nach Hause zurück.«

Frank sagt noch: »Ich bin so froh, dass ich dich kennengelernt habe.«

»Süßer, du gehst einfach kampflos?«, schimpft Sirina entsetzt und bevor der Dschinn einschreitet, wendet sie sich an mich: »Carolyn, du lässt ihn gehen?«

Ich reiße mich zusammen und sage zu Frank: »Es hat mich auch sehr ... glücklich gemacht, bei dir und Ben zu sein. Ich werde euch nie vergessen.«

Jesus kämpft mit sich, lässt es aber zu, dass die beiden Männer Frank nach draußen geleiten. Den letzten Blick, den er mir noch zuwirft, werde ich nie wieder vergessen.

Ich rufe ihm nach: »Nicht Desiree, Frank! Sie will Ben nicht haben.«

Frank dreht sich noch einmal zu mir um: »Ich bin nicht auf der Suche nach einer Frau. Ich habe sie längst gefunden.«

Ich breche erst zusammen, als ich wieder alleine in meiner Wabe bin.

Kapitel 11

Ungefähr vier Monate später

»Ich sag dir, ich bin froh, wenn ich eine Blase aus der Antarktis ziehe. Ich halte die Hitze in den meisten Ländern momentan nicht mehr aus. Wo warst du zuletzt?«, fragt mich Claudia, während wir gemeinsam auf dem Weg in die Haupthalle sind. »Ich war in Sizilien und bin beinahe ausgetrocknet.«

Wir verstummen, weil wir die Haupthalle betreten und Claudia lächelt mir zu, bevor sie sich an einen freien Tisch setzt. Ein paar Reihen weiter suche ich mir ebenfalls einen freien Tisch.

Mein Blick geht wie immer zu dem Tisch, an dem ich damals Bens Blase gezogen habe. Diesen Tisch meide ich konsequent. Nicht, weil er mir Unglück gebracht hätte. Aber dieser Tisch gehört nur Ben, Frank und mir und ich werde nie wieder einen Wunsch von diesem Tisch aus annehmen. Momentan sitzt daran ein junger männlicher Dschinn, der sich gerade die Kopfhörer im Ohr platziert.

Ich mache das Gleiche und aktiviere den Tisch. Die Blase, die auf mich zuschwebt, sieht gelblich aus. Ich nehme sie nicht mehr in die Hand. Die letzte Blase, die ich berührt habe, war Bens Blase.

Die gelbe Kugel findet selbst den Weg in die Mulde und ich rufe die Daten ab. Ein kurzer Schreck fährt mir in die Glieder, weil ich einen Wunsch aus Deutschland bearbeite. Mein erster deutscher Wunsch seit langer Zeit! Ich schlucke und versuche mich auf den Fall zu konzentrieren.

Es geht um Florian, einen jungen Barbesitzer aus München, dessen Herzenswunsch es ist, seine Bar zu erhalten. Er hat aber immer Pech mit seinen Bedienungen. Die Letzte ist mit den ganzen Einnahmen abgehauen und momentan verärgert er seine Gäste, weil er es alleine nicht schafft, zu bedienen und Cocktails zu mixen, wenn der Laden voll ist. Sein Wunsch kommt gerade rechtzeitig, denke ich mir. Vielleicht kann ich mit ihm zusammen das Ruder noch einmal herumreißen und gleichzeitig eine zuverlässige Bedienung für ihn finden.

Ich blinzele mich nach München und bin von oben bis unten in Designerkleidung gestylt. Meine Haare sind offen und füllig frisiert. Mein Gesicht ziert eine riesige Sonnenbrille mit weißem Rand. Kaugummikauend schlage ich in der kleinen Bar auf, die geschlossen hat. Aber ich weiß, dass Florian gerade aufräumt und vergessen hat, die Ladentüre abzuschließen. Den Zettel an der Tür reiße ich im Vorbeigehen ab und stolziere auf meinen hochhackigen Schuhen in den Laden.

»Hi«, sage ich zu dem jungen Kerl hinter der Bar und nehme die Sonnenbrille ab.

»Wir haben geschlossen«, sagt Florian und poliert weiter das Glas in seinen Händen.

Ich lege den Zettel auf den Tresen. »Ich möchte den Job.«

Er hält inne und sieht mich mit hochgezogenen Augenbrauen an. »Wirklich? Sie sehen nicht so aus, als hätten

Sie es nötig zu arbeiten. Ist das nicht eine Prada-Tasche?«

»Ja, ich habe es auch nicht nötig. Mein Vater möchte, dass ich etwas mehr soziales Engagement zeige und mich ehrenamtlich betätige.«

»Da sind Sie hier aber an der falschen Adresse«, meint der junge Mann, setzt seine Arbeit fort und verzieht den Mund schief.

»Warum? Ich bin ein Nachtmensch, gehe gerne in Bars und arbeite ehrenamtlich ohne Gehalt für Sie. Sozial tätig bin ich, weil ich Ihre Gäste freundlich und zuvorkommend behandeln werde.«

Er ist tatsächlich einen Moment sprachlos und stellt das Glas ab. »Sie sind verrückt«, meint er schließlich und ich nicke.

»Verrückt genug, Ihnen zu helfen.«

»Warum sollte ich da mitmachen?«

»Weil Sie mich brauchen. Wir haben hier sozusagen eine Win-win-Situation.« Obwohl ich bereits das Gefühl habe, dass ich den Job habe, füge ich hinzu: »Aber hören Sie. Ich mache das nur eine Zeitlang, um meinen Vater zu besänftigen. Sobald Sie eine richtige Bedienung gefunden haben, bin ich hier weg.«

»Deal«, freut sich der junge Mann und reicht mir die Hand.

»Deal«, sage ich und schlage ein.

»Ich bin übrigens Florian.«

»Carolyn.«

»Zum Arbeiten reichen Jeans und Shirt vollkommen aus. Du solltest nicht besser als meine Gäste gekleidet sein«

»Geht klar.« Und wir verabreden meine Arbeitszeiten für den Abend.

Nach zwei Wochen haben Florian und ich den Laden zum Boomen gebracht. Ich habe mich auf ihn eingestellt und da er der perfekte Teamplayer ist, kommen wir gut miteinander aus. Wir ergänzen uns gegenseitig. Es hat sich herumgesprochen, dass der Service in Florians Bar schnell und die Cocktails außergewöhnlich gut sind. Deshalb ist die Bar fast jeden Abend voll, an den Wochenenden sogar übervoll.

»Flo, ich brauche mehr Salzstangen«, sage ich im Vorbeigehen und stelle ein leeres Glas auf den Tresen. Florian reicht mir neben den fertigen Drinks ein Glas mit Salzstangen und ich bringe alles zu den Gästen. Nach einiger Zeit nehme ich mir die Schürze ab und raune Flo im Vorbeigehen zu: »Ich muss mal kurz raus.«

»Beeil dich!«

In neuer Rekordzeit benutze ich unser Personal-WC. Als ich zurückkehre, sagt Flo: »Gerade sind ein paar Leute gekommen. Sind ums Eck.«

»Ja, wahrscheinlich Tisch 14, da sind die anderen gerade gegangen.«

Meine Schürze ist schnell wieder umgebunden. Mit einem Lappen in der Hand mache ich mich auf den Weg zu dem Tisch. Dort sitzt eine Gruppe von Anzugträgern, drei Männer und zwei Frauen. Der sechste Stuhl ist nicht besetzt, auch wenn eine Anzugjacke über der Lehne hängt. Ich wische kurz über den Tisch und frage: »Haben Sie sich schon entschieden?«

»Einmal *Sex on the Beach* … mit Ihnen«, witzelt ein blonder Mann. Ich schreibe auf meinen Zettel und sage laut: »Einmal *Sex on the Beach* … bestimmt nicht mit mir.«

Die anderen Männer lachen und ich fühle mich dadurch gleich etwas besser. »Ich nehme den *sanften Engel*«, sagt der zweite Mann und lässt seine Augenbrauen wackeln. Ich lächle zurück und schreibe mir die restlichen Bestellungen auf.

»Da fehlt noch jemand?«, frage ich und deute auf den leeren Stuhl.

»Ja«, bestätigt eine der Frauen. »Der wollte eine *Pina Colada* und einen Knabberteller.«

»Gut, kommt sofort«, sage ich und gehe zurück zur Bar, um Florian die Bestellung weiterzuleiten. Während ich neben ihm einen Teller mit Chips und Erdnüssen herrichte, erzähle ich ihm von der plumpen Anmache.

»Soll ich die Cocktails servieren?«, bietet er sich an.

»Nein, mit denen werde ich schon fertig. Die Anzugträger sind echt die Schlimmsten. Machen einen auf großer Geschäftsmann und verhalten sich wie die letzten Penner. Und unser Stammgast, der Mirco, vor dem ich ehrlich Angst hatte, ist der harmloseste Kerl, den ich jemals getroffen habe.«

Flo wirft einen lächelnden Blick zu Mirco, der wie gewohnt sein Bier am Ende der Theke schlurft: ein muskulöser, über und über tätowierter Mann, der immer ernst und verschlossen wirkt. Sobald man ihn aber anspricht, verformt sich sein Gesicht zu einem Lächeln, das so freundlich ist, dass es mich beim ersten Kontakt ebenfalls erschreckt hat. Nicht, weil es mir Angst gemacht hat, sondern weil es so im Gegensatz zu diesem Berg von Mann stand. Mirco bemerkt unseren Blick und schickt uns sein Lächeln zu. Flo und ich sehen uns an und lachen mit.

Die Cocktails sind fertig und ich balanciere das volle Tablett zu Tisch 14. Der dritte Mann sitzt inzwischen auf seinem Platz und die Frau rechts neben ihm flüstert ihm etwas ins Ohr, während ihr Arm auf seiner Schulter ruht. Hinter den beiden stehend, beginne ich damit, die Getränke auszuteilen.

»Eine *Pina Colada*«, sage ich und reiche das Glas zwischen dem Mann und der Frau durch. Ich habe das Glas bereits abgestellt und will meinen Arm zurückziehen, als der Mann mein Handgelenk festhält und meinen goldenen Armreif betrachtet.

Gerade, als ich mir den Mann näher ansehen will, wendet er mir sein Gesicht zu.

»Frank!« Das Tablett fällt mir beinahe aus den Händen. Franks Mund verformt sich zu einer Frage, die er nicht herausbekommt. Schließlich ziehe ich meinen Arm aus seinem Griff und serviere die Runde fertig. Ich bin völlig aus dem Konzept, verwechsle die Cocktails und zittere so sehr, dass ich beinahe alles verschütte.

Frank starrt mich einfach nur an. Der hat es gut! Er kann schockiert sein, während ich hier einen Job zu erledigen habe. Ich kann es mir dennoch nicht verkneifen, zu frotzeln: »Einmal *Sex on the Beach* für den Herrn, aber ganz bestimmt nicht mit mir.«

Frank zieht die Augenbrauen hoch und mustert den

blonden Mann, der entschuldigend mit den Schultern zuckt.

Als ich fluchtartig den Tisch verlasse, höre ich noch, wie der blonde Kerl Frank fragt: »Sag mal, kennst du die?« Die gemurmelte Antwort von Frank kann ich nicht mehr hören. Ich muss hier raus und zwar sofort.

»Flo, tut mir leid. Ich muss sofort gehen«, flüstere ich und Flo reagiert entsetzt: »Carolyn, du kannst jetzt nicht gehen. Der Laden ist voll.«

Ich bleibe stehen und reiße mich zusammen. »Fünf Minuten, okay, gib mir fünf Minuten, um mich wieder zu beruhigen.« Flo nickt und wirft einen Blick auf die große Uhr, die hinter ihm an der Wand hängt.

Auf der Straße stapfe ich mit verschränkten Armen auf und ab. Es ist eine warme Sommernacht und trotzdem fröstele ich. Gerade, als ich mich einigermaßen damit abgefunden habe, Frank nie wieder zu sehen, da spaziert er einfach mitten in meinen Auftrag hinein. Was macht er hier in München und wo hat er Ben gelassen?

»Haben dich die Typen wieder belästigt?«, fragt Flo mich plötzlich und ich sehe, dass er hinter mir steht und sich eine Zigarette anzündet. Ich werfe einen Blick durch die Glasfront in das Lokal und Flo sagt: »Für ein paar Minuten haben wir alle durstigen Mäuler gestopft.« Ich gehe ein Stück weiter, ohne zu bedenken, dass ich mich damit genau in den Sichtbereich von Tisch 14 begebe.

Flo kommt zu mir und fragt: »Willst du darüber reden?«

»Der eine Mann ist mein Ex-Freund. Ich hätte nicht gedacht, dass ich ihn jemals wiedersehe. Er wohnt eigentlich in Frankfurt.«

Flo ist interessiert. »Welcher ist es denn?« Mit einem vorsichtigen Blick durch die Fensterscheibe sehe ich Frank von hinten und da ist wieder diese Frau, die auf ihn einredet. Sie sieht aber nicht mehr ganz so entspannt aus wie vorhin. »Der neben der Frau, der uns den Rücken zukehrt.«

Der blonde Kerl sagt etwas zu Frank und dieser sieht sich genau in dem Moment um, als Flo und ich zu ihm schauen. Unsere Blicke treffen sich, die Funken sprühen und ich werde erst blass und dann rot.

»Flo, es tut mir wirklich leid, aber ich kann da nicht mehr rein. Ich schaffe das nicht. Ich habe die Trennung nie überwunden.«

Flo hält mich am Arm fest und ich sehe ihn überrascht an, weil er sehr eindringlich auf mich einredet. »Ich fürchte, ich werde es nicht überwinden, wenn du da jetzt nicht wieder mit hineingehst. Ich schaffe das nämlich nicht ohne dich!«

Plötzlich kommt Frank aus der Bar, direkt auf uns zu: »Carolyn, kann ich dich kurz sprechen?«

Obwohl er schmächtig ist und in einem Kampf niemals gegen Frank gewinnen würde, stellt sich Flo vor mich. Frank sieht aus, als würde er wieder regelmäßig trainieren.

»Ist schon gut, Flo«, sage ich mit erstaunlich fester Stimme. »Ich rede kurz mit ihm und dann helfe ich dir wieder.« Flo geht zögernd zurück in das Lokal.

Frank kommt auf mich zu und bleibt erst ganz nah bei mir stehen. Ich werfe einen kurzen Blick zu Tisch 14 und stelle fest, dass alle zu uns sehen.

»Ist sie deine Freundin?«, frage ich Frank und nicke zu der ernst dreinschauenden Frau neben seinem leeren Platz.

Er reagiert mit einer Gegenfrage: »Bist du deswegen da? Willst du verhindern, dass aus ihr und mir etwas wird? Ist sie auch verkehrt, weil sie Ben nicht mag?«

»Was?«

»Warum tauchst du jetzt auf, nachdem ich monatelang auf ein Zeichen gewartet habe, das mir wenigstens einen Funken Hoffnung gegeben hätte?«

»Ich bin nicht wegen dir hier. Ich helfe Flo, er hat einen Wunsch.«

»Schläfst du auch mit ihm?«, giftet Frank.

»Nein, natürlich nicht. Du warst der einzige Mann in meinem Leben und du bist es noch.«

Frank schluckt und sieht sich verzweifelt um. Er nimmt meinen Arm und zieht mich ein Stück von dem Fenster weg. »Carolyn, ich habe euch mit Wunschblasen bombardiert, seit ich damals von deinem Chef vor die Tür gesetzt wurde. Aber ich habe nie etwas gehört«, flüstert er.

»Das wusste ich nicht, Frank. Ich war monatelang gesperrt und arbeite erst seit wenigen Wochen wieder.« Dann muss ich wieder an die Frau denken, die dort neben ihm sitzt. »Ist sie nett?«, frage ich ihn und muss meine Tränen zurückhalten.

»Ja, sie ist nett, aber sie ist nicht du«, sagt Frank

und fängt an, meine Wange zu streicheln.

Ich umschlinge einfach seinen Körper, der mir so vertraut und fremd zugleich erscheint. »Ist sie nett zu Ben?«

Frank lächelt mich so zärtlich an, dass ich mich zwingen muss, meine Beine durchzustrecken, um nicht einzusacken. »Er kennt sie noch gar nicht. Sie ist eine Kollegin und wir waren erst ein paar Mal miteinander essen, und zwar in der Mittagspause, wenn ich am Nachmittag noch einen Termin hatte. Wir sind hier auf einer Tagung gewesen.«

Irgendwie erleichtert es mich, dass es hier um einen geschäftlichen Umtrunk geht. Ich streichele Franks Wange und dann küsse ich ihn einfach kurz.

»Ich wünsche dir viel Glück, Frank. Wirklich, von ganzem Herzen.« Dann drehe ich mich rasch um und gehe auf den Eingang zu.

Frank folgt mir, packt mich am Arm und reißt mich in seine Arme. Er küsst mich mit einer Leidenschaft, die den letzten Rest meiner Vernunft, meine Vorsätze und alle eingeredeten Halbwahrheiten mit einem Schlag vernichtet. Nichts und niemand wird mir nehmen, dass ich diesen Mann liebe.

Flo klopft von innen an die Scheibe und Frank gibt mich frei. »Ich muss wieder arbeiten. Er braucht mich.«

»Ich brauche dich, Carolyn. Sirina hatte damals vollkommen Recht. Wir hätten kämpfen müssen.«

Mit traurigem Lächeln bestätige ich seine Aussage und Frank sagt: »Es ist noch nicht zu spät. Es kann doch kein Zufall sein, dass wir uns hier treffen. Ich meine, wie wahrscheinlich ist das denn?«

Ich versuche seinem Blick auszuweichen, aber er nimmt sofort mein Kinn und führt mein Gesicht vor seines: »Ich habe es dir niemals gesagt, Carolyn, aber ich liebe dich und ich will, dass du zu Ben und mir zurückkommst. Ich habe es versucht, dir zu sagen, aber dein Chef hat es gespürt und verhindert.«

»Was?«, hauche ich, weil ich es einfach nicht begreife.

»Ich. Liebe. Dich.« Mit einem Kuss unterstreicht er jedes Wort.

»Ich liebe dich auch, so sehr, Frank«, lächle ich unter Tränen und wir werden wieder von Flo unterbrochen, der erneut an die Scheibe klopft.

»Wie lange hast du Dienst?«

»So lange, bis Flo alleine klarkommt«, erkläre ich und Frank sagt: »Warte auf mich.«

Wir betreten das Lokal gemeinsam und Frank gesellt sich wieder zu seinen Kollegen.

Flo sieht mich fragend an. Ich wische mir die Nässe unter den Augen weg und sage: »Was soll ich sagen? Ich liebe diesen Mann.«

Flo nickt verständnisvoll und ich mache mich wieder an die Arbeit. Als ich mich im hinteren Teil des Lokals bewege, höre ich, dass der Mann auf der linken Seite von Frank mit ihm redet: »Woher kennt ihr euch?«

Ich sehe kurz zu dem Tisch und die beiden sehen zu mir. Während ich die leeren Tische abwische, höre ich Frank antworten: »Sie hat einmal bei mir gearbeitet, im Haushalt.«

Die Frau rechts neben Frank stellt leicht angesäuert fest: »Sie sieht aber nicht wie eine Haushaltshilfe aus.«

»Sie ist sehr flexibel. Ich denke, sie wäre intelligent genug, um die Arbeit von uns allen zu erledigen«, sagt Frank und ich lächle in mich hinein, während ich die Getränkekarten in die dafür vorgesehenen Halter stecke.

Der Blonde kann seinen Mund nicht halten: »Sie wäre bestimmt auch gut für einen Blow-Job.«

Jetzt reicht es mir. Während ich mir einen Satz zurechtlege, nehme ich mir seine Gedanken vor und marschiere auf ihn zu: »Sehr lustig. Sie sind wirklich ein ganz besonders cooles Exemplar Ihrer Gattung. Vielleicht sollten Sie Ihrer Verlobten beichten, dass Sie eigentlich schwul sind und seit einem Jahr einen heimlichen Geliebten haben, bevor Sie in drei Monaten heiraten.«

Seine Kinnlade klappt hinunter, Frank und der Rest der Gruppe machen ein betretenes Gesicht und ich gehe zurück in den anderen Teil der Bar. Das war vielleicht nicht ganz fair, aber schließlich bin ich momentan auch nicht ganz zurechnungsfähig.

Die Gruppe bricht verständlicherweise bald darauf auf, weil der Spaßfaktor auf einmal von hundert auf null abgesunken ist. Die Bar leert sich und Flo sieht auf die Uhr. »Ich glaube, du kannst jetzt gehen. Danke, dass du geblieben bist«, sagt er mit einem schüchternen Lächeln.

»Nichts zu danken. Bis morgen.«

»Denk daran, wir haben dieses Einstellungsgespräch am Nachmittag!«

Ich nicke ihm noch einmal zu und stehe einen Moment am Gehweg. Von Frank ist keine Spur zu sehen. Wahrscheinlich habe ich ihn mit meiner unhöflichen Aktion gegenüber seinem Kollegen verärgert.

Zu Fuß mache ich mich auf den Weg und komme keine dreißig Meter weit, als ein Taxi neben mir hält. Die Tür geht auf und Frank fragt lächelnd: »Mitfahrgelegenheit gefällig?«

Grinsend steige ich ein. »Zu mir oder zu dir?«, fragt er.

»Ich habe hier kein mir, also zu dir.«

»Hotel Bavaria«, sagt Frank zu dem Fahrer des Taxis. Wir sehen uns in der Dunkelheit aufgeregt an, während die Lichter der Stadt immer wieder die lüsternen Blicke unserer Gesichter preisgeben. Frank hat zwar ein Zimmer mit Doppelbett, hat aber nur als Einzelperson gebucht. Er klärt mit dem Nachtdienst des Hotels ab, dass ich, seine Freundin unerwartet eingetroffen sei und er mit mir das Zimmer teilen würde, was natürlich die höhere Bezahlung beinhalte. Der Nachtportier mustert mich zwar kurz, scheint aber dann zu dem Ergebnis zu kommen, dass es wohl in Ordnung sei, wenn ich mit aufs Zimmer ginge.

Mir war es jedenfalls nicht egal, dass Frank mich als seine Freundin vorgestellt hat. Schon im Aufzug können wir uns nicht mehr beherrschen. Das kurze Stück bis zu Franks Zimmer überbrücken wir nur durch extreme Selbstbeherrschung und kaum haben wir die Tür des Hotelzimmers geschlossen, gibt es kein Halten mehr.

Unkontrolliert und gierig legen wir den Weg bis zu dem weichen Bett zurück und diverse Kleidungsstücke markieren unseren Weg. Wir lieben uns leidenschaftlicher und verzweifelter als jemals zuvor, mehrmals hintereinander. Erst in den frühen Morgenstunden liegt Frank in meinen Armen und ich kraule sein Haar. »Hattest du etwas mit anderen Frauen, als ich weg war?«, frage ich, weil ich es wissen muss.

»Nein, aber ich fürchte, es hätte nicht mehr lange gedauert, bis ich mit Laura im Bett gelandet wäre.«

»Laura ist diese Kollegin?«

»Ja. Und du?«

Ich muss lachen. »Es ist wirklich nett, dass du mich fragst. Aber das ist absolut unmöglich.«

»Ich habe an dich gedacht, wenn ich … es mir selbst gemacht habe«, gesteht Frank plötzlich und ich raune: »Ich weiß, ich habe dich einmal dabei beobachtet.«

Er hebt den Kopf und sieht mich intensiv an, bevor er mich kitzelt und sagt: »Du heimliche Spannerin, du notgeiles Luder! Ich wusste es vom ersten Moment, als du mein Haus betreten hast.«

Unter seinen neckenden Berührungen lache ich und presse meine Frage hervor: »Was wusstest du?«

»Zuerst hatte ich die Befürchtung, dass sich mein Leben durch dich verändern würde. Dann hatte ich die traurige Gewissheit, dass mein Leben ohne dich nicht das Leben ist, das ich führen möchte.«

»Wie geht es weiter?«

»Verlobung, Hochzeit, Kinder«, sagt Frank und

bringt mich kurz zum Schmunzeln. Dann sagt er: »Ich gebe dich nicht wieder her.«

»Ich muss den Auftrag beenden, wegen Flo. Dann werde ich für uns kämpfen, auch wenn ich mir meine Ringe dafür abreißen muss.«

»Was passiert dann?«

»Dschinns können ohne diese Ringe nicht existieren. Sie sind mit unserer DNA verbunden und wir sterben, wenn sie gewaltsam entfernt werden.«

»Nein, Carolyn, daran darfst du nicht denken. Wir werden nicht um jeden Preis kämpfen. Versprich mir das. Wenn ich dich nicht haben kann, dann will ich wenigstens wissen, dass es dich gibt und dass es dir gut geht.«

»In Ordnung. Ich kann das nachvollziehen, weil es mir mit dir genauso geht.«

Nach einer Weile des Schweigens sagt Frank: »Ich fahre also morgen zurück nach Frankfurt und warte, bis du deinen Auftrag beendet hast. Und dann?«

»Dann komme ich dich abholen.«

Er nickt nachdenklich und wir schlafen ein.

Am Morgen sagt Frank: »Carolyn, ich würde dich wirklich gerne zum Frühstück mit in den Saal nehmen, aber da sind auch die Kollegen von gestern und es kommt vielleicht falsch an, wenn sie dich und mich sehen.«

Natürlich. »Ist diese Laura auch da?«, frage ich und treffe ins Schwarze.

»Ja und zugegeben, ich möchte auch ihr unsere Situation etwas schonend beibringen, obwohl ich nicht mit ihr zusammen bin. Kannst du das verstehen?«

»Nein, aber ich versuche es.« Eine gewisse Eifersucht macht sich in mir breit. »Wir sehen uns bald, vertrau mir«, hauche ich Frank zu, küsse ihn und blinzele mich aus dem Hotel. Es ist das erste Mal, dass ich direkt vor Franks Augen verschwinde, noch dazu aus seiner Umarmung. Er braucht einen Moment, bis er begreift, was eben passiert ist.

Kapitel 12

Am Nachmittag erscheint die junge Frau, die ich heimlich motiviert habe, sich bei Flo zu bewerben. Sie heißt Melanie und arbeitet eigentlich in der Nachtschicht bei einer bekannten Fast-Food-Kette, aber insgeheim wäre die Arbeit in einer Bar für sie das Ziel. Sie hatte sich auch schon bei einigen anderen beworben, wurde aber nie genommen, weil sie keinerlei Erfahrung hat und ihre Arbeit in dem Fast-Food-Restaurant nicht unbedingt als einschlägige Erfahrung gewertet wird.

Außerdem habe ich sie ausgewählt, weil sie genau Flos Typ ist. Jedenfalls sieht sie aus wie die Mädels, denen er besonders lange hinterhersieht, wenn sie unser Lokal betreten. Daher überrascht es mich, dass Flo zögert, es mit ihr zu probieren. Sie ist zwar schüchtern und wirkt unsicher, macht aber einen absolut zuverlässigen und vor allen Dingen ehrlichen Eindruck. Ich habe sie bei der Arbeit beobachtet und sie nie beim Schwindeln ertappt.

Flo steht hinter der Bar und ich sitze neben Melanie auf einem Barhocker. Er sieht mich fragend an und ich nicke. Dann sagt er: »Melanie, kann ich dich anrufen? Ich würde mich gerne mit Carolyn noch einmal beraten.« Meine Geste hinter Melanies Rücken erklärt Flo zum Volltrottel, aber er reagiert nicht darauf.

Als Melanie die Bar verlassen hat, schimpfe ich: »Florian, worauf wartest du? Sie ist es!« Er zögert und druckst hinter der Bar herum. »Spuck es schon aus. Was hat dir an ihr nicht gepasst?«

»Mit ihr ist alles in Ordnung. Ich denke, wenn sie anständig eingearbeitet wird, dann bekommt sie das hin.«

»Aber?«

»Ich bin mit dir so zufrieden, Carolyn. Ich würde dir auch ganz normal Gehalt bezahlen, wenn du bleibst.«

Natürlich bin ich von seinem Geständnis gerührt. »Florian, du bist wirklich nett und ich mag dich auch sehr gerne. Aber es war doch von Anfang an klar, dass ich nicht lang bleibe.«

Florian reagiert fast beleidigt und schluckt sichtbar, bevor er mit belegter Stimme fragt: »Hat sich der Herr Papa wieder beruhigt, ja?«

Ich lache und beuge mich zu Flo über den Tresen: »Vergiss den Herrn Papa. Ich will nach Frankfurt zu dem Mann, den ich liebe.«

»Deswegen hast du es so eilig!« Aber er lächelt schon wieder.

»Ja. Natürlich bleibe ich, bis wir sehen, ob sie es tatsächlich packt. Wir werden sie gemeinsam einarbeiten und ich gehe erst, wenn du mir das Okay gibst, so wie immer. Deal?«

»Deal!«

Melanie ist glücklich, als Flo sie anruft, um ihr seine Entscheidung mitzuteilen.

Sie kann innerhalb einer Woche bei dem Fast-Food-Lokal aufhören. Diese Zeit überbrücke ich mit Warten und Warten. Am liebsten würde ich Frank kontaktieren. Aber ich bleibe bewusst auf Distanz, um keine schlafenden Hunde zu wecken. Außerdem kann ich nicht wild in der Weltgeschichte umherfliegen. Frank ist kein Auftrag und wenn ich ihn besuchen will, muss ich den Zug nehmen.

Irgendwie vergeht aber auch diese Woche und Melanie arbeitet schon zwei Tage bei uns, als an einem ruhigeren Abend bei Flo hinter der Bar das Telefon klingelt. Ich hätte nicht überraschter sein können, als er mich ans Telefon ruft.

»Ein gewisser Frank Bach«, sagt Flo, als er mir den Hörer reicht, und ich grinse augenblicklich von einem Ohr zum anderen.

»Frank!«, rufe ich erfreut in den Hörer.

Seine Stimme klingt ungewohnt hoch, als er sagt: »Wir sehen uns bald, vertrau mir.«

Im ersten Moment meine ich, dass er sauer ist. Aber er redet sofort in seiner normalen Stimmlage weiter und klingt zwar gequält, aber nicht ärgerlich. »Also, ich vertraue dir, mache mir aber langsam über deine Definition des Wortes *bald* Gedanken. Ich vermisse dich entsetzlich.«

»Ich vermisse dich auch. Wir haben jetzt jemanden für die Bar gefunden. Sie ist allerdings erst ein paar Tage da. Sie braucht vielleicht noch etwas Zeit, aber ich bin zuversichtlich, dass sie bald …«

»Bald? Schon wieder bald!«, seufzt Frank leicht belustigt.

Ich steige auf seine gute Laune ein. »Ich kann es ja auch kaum erwarten, endlich bei dir und Ben zu sein.«

»Ich habe ihm noch nichts erzählt. Er wundert sich lediglich, warum ich so gut gelaunt bin, seit ich aus München zurück bin. Laura habe ich auch noch nichts erzählt. Sie nervt mich andauernd, weil sie mit mir etwas unternehmen will«, sagt er.

Da werde ich ernst. »Wieso hast du es ihr noch nicht gesagt?«

Er bemerkt meinen Stimmungsumschwung und wird ebenfalls ernst. »Ich möchte einfach nicht zu voreilig etwas mitteilen, was noch nicht sicher ist. Verstehst du das?«

»Also ich verstehe, dass du sie dir warmhalten willst, falls ich nicht bei dir bleiben kann«, fauche ich bissig.

»Du drehst mir das Wort im Mund um.«

»Dann rede mit ihr!«

Er seufzt und scheint zu überlegen, bevor er sagt: »Ich versuche es. Die Situation muss einfach passen.«

»Wie wäre es denn in dem Moment, wenn sie dich nervt, weil sie mit dir etwas unternehmen möchte?«

»Ich habe es verstanden, okay? Du bist ein eifersüchtiger kleiner Teufel«, schimpft er.

»Sag nicht Teufel.«

»Also, ein eifersüchtiger kleiner Flaschengeist. Du brauchst dich nicht zu sorgen. Ich bin dir völlig hörig.«

Er hört mich wohl lächeln, weil er ebenfalls lächelnd sagt: »Wusste ich doch, dass dir das gefällt.«

Wir verabschieden uns und die nächsten Tage höre ich gar nichts mehr von ihm. Ich gehe davon aus, dass ihn das Gespräch mit mir nur noch ungeduldiger gemacht hat, weil es mir so ergeht. Jedes Telefonat würde die Situation nicht einfacher machen. In meinem Kopf male ich mir allerdings verschiedene Horrorszenarien aus.

Erstens. Frank will Laura einen Korb geben und sie verführt ihn.

Zweitens. Frank will Laura gar keinen Korb geben, weil er längst mit ihr schläft.

Drittens. Laura taucht in der Bar auf und ermordet mich.

Viertens. Laura bringt sich um und Frank wird sein Leben lang von Gewissensbissen geplagt.

Fünftens. Laura macht mir das Leben in Frankfurt zur Hölle.

Sechstens. Laura hetzt Ben gegen mich auf.

Ich könnte diese Liste ewig erweitern und das liegt vermutlich auch daran, dass ich zu viel Zeit zur Verfügung habe.

Nach einer weiteren Woche ist es so weit. Eines Abends kurz nach Mitternacht sieht mich Flo traurig und glücklich zugleich an. »Ich glaube, heute war deine letzte Arbeitsnacht.«

Stürmisch schlinge ich meine Arme um ihn und drücke ihn. »Danke Flo, du bist der Beste. Viel Glück und alles Gute!«

Mein Aufbruch ist so rasant, dass ich meine Jacke hängen lasse. Ich sause noch einmal zurück, drücke Melanie und beim Hinausgehen sage ich noch: »Ihr zwei gebt ein wunderbares Paar ab.«

Dann bin ich weg.

Obwohl es mitten in der Nacht ist, mache ich mich sofort auf den Weg zum Hauptbahnhof und nehme den ersten Zug nach Frankfurt. Kurz vor acht Uhr komme ich in Frankfurt an und renne bis zu Franks Wohnung fast ununterbrochen, um dann festzustellen, dass er natürlich in der Arbeit ist.

Völlig außer Puste mache ich mich auf den Weg zu dem Notariat und bin klitschnass geschwitzt, als ich dort vor lauter Erschöpfung fast die Tür eintrete. Sibylle springt hinter ihrem Schreibtisch auf, als ich schnaufend im Gang stehe und meine Hände auf den Knien abstütze.

»Carolyn?«, sagt sie nur.

Da geht die Tür zu Daniel Schwarz' Büro auf und heraus kommt Laura. Ich richte mich auf, während sie völlig unverschwitzt und perfekt gestylt auf mich zukommt. Sie verschränkt die Arme und baut sich vor mir auf. »So so, da sind Sie also«, sagt sie streng.

»Ja, da bin ich. Ich möchte zu Frank.«

»Er hat momentan Klienten drin. Kommen Sie doch kurz in mein Büro.«

Ich folge ihr, obwohl ich auf Zickenterror nicht die geringste Lust habe. Notfalls kann ich sie mit ein paar Zaubertricks erschrecken. Auf dem Weg in ihr Büro blinzele ich meine Schweißflecken trocken und stelle mir den süßen Duft eines Parfums vor, den ich kürzlich an Melanie gerochen habe. Es funktioniert. Als ich bei Laura ankomme, fühle ich mich nicht mehr ganz so unterlegen. Wir bleiben stehen und sie schließt nach mir die Tür.

Dann geht sie mit verschränkten Armen auf mich zu und betrachtet mich streng. Ich warte ab, für welche Giftdosis sie sich entscheidet. Aber zu meiner Überraschung lässt sie die Arme sinken und lacht herzlich, als sie bei mir angekommen ist.

Völlig perplex frage ich: »Was ist so lustig?« Beinahe muss ich mitlachen.

»Ich freue mich einfach. Das ist alles. Ich hätte natürlich nichts dagegen gehabt, wenn Frank und ich uns noch besser kennengelernt hätten, Sie verstehen. Aber da Sie anscheinend seine große Liebe sind, will ich Ihnen nicht im Wege stehen.«

»Ich weiß nicht, was ich sagen soll. Warum sind Sie überhaupt in Daniels Büro? Und was sollte der Auftritt auf dem Gang?«

»Ach, Daniel ist Vater geworden und nimmt sich zwei Monate Auszeit. Ich springe so lange für ihn ein. Und einige Mädels da draußen meinen, Sie müssten mich spüren lassen, dass ich nur vorübergehend geduldet bin. Daher habe ich mich so verhalten. Es war nicht so gemeint.«

Dieses Szenario wäre mir wahrscheinlich erst bei weit über Punkt 100 eingefallen, wenn überhaupt. »Ich kann gar nicht sagen, wie erleichtert ich bin. Ich dachte schon …«, stammle ich.

Laura winkt ab: »Hab schon verstanden. Nun gehen Sie schon. Er liebt Sie wirklich und die letzten Tage dachte ich schon, er macht schlapp, weil er so blass um die Nasenspitze ist.«

»Aber er ist mitten in einem Termin?«

»Na und? Er macht mich dafür verantwortlich, wenn ich Sie nicht sofort zu ihm reinschicke.«

Dankbar schüttle ich ihre Hand. Dann renne ich über den Flur und bremse erst kurz vor Franks Bürotür ab. Seine angenehme Stimme dringt leise durch die Tür nach draußen und ich lausche einen Moment, bevor ich sachte die Klinke nach unten drücke. Sofort sehen die Klienten zu mir und Frank blickt irritiert in Richtung Tür, während er noch kurz liest, um dann abrupt inne-zuhalten. Er legt das Blatt auf den Tisch, steht auf und macht sich auf den Weg zu mir.

Ich gehe ihm entgegen und wir fallen uns direkt vor seinen Klienten in die Arme und küssen uns. Ich weiß gar nicht, wie lange wir da stehen, bis uns ein Räuspern voneinander trennt. Alle Klienten lächeln uns freund-lich an und ein älterer Herr sagt: »Wir waren doch schon fast fertig. Können wir jetzt unterschreiben?«

»Könntest du fünf Minuten draußen warten?«, fragt Frank mich leise und ich verlasse lächelnd den Raum.

Natürlich könnte ich mich einfach unsichtbar ma-chen und zu ihm hineingehen, aber da ich ganz offizi-ell im Notariat anwesend bin, setze ich mich auf einen Stuhl im Wartebereich. Es dauert tatsächlich nicht lan-ge, da geht die Tür zu Franks Büro erneut auf und er verabschiedet sich von seinen Klienten. Ich springe auf und eile in sein Büro, um in Franks Arme zu fallen.

»Kannst du dich loseisen?«, frage ich. »Jetzt wird es ernst.«

»Wie es aussieht, habe ich leider noch einen Termin am Vormittag, den ich nicht verschieben kann.«

Da klopft es an der Tür. Sibylle streckt den Kopf zur Tür herein und sagt: »Frank, Herr Seibold hat gerade angerufen, seine Frau fühlt sich nicht gut. Daher würde er den Termin gerne verschieben.«

Frank sieht mich skeptisch an, sobald Sibylle wieder weg ist. »Da hast nicht zufällig du deine Finger im Spiel?«

»Nein, warum?«

»Tja, so wie es aussieht, hat sich mein Termin soeben in Luft aufgelöst.«

Merkwürdig. Wahrscheinlich werde ich nie erfahren, wer hier im Hintergrund die Fäden in der Hand hält.

Wir verlassen gemeinsam das Büro und Frank greift ganz selbstverständlich nach meiner Hand, als wir den Gang entlanggehen. Mein Herz macht einen erfreuten Satz und da ist es wieder, dieses breite Grinsen, das ich einfach nicht kontrollieren kann.

Sobald wir das Notariat verlassen haben, drücke ich seine Hand noch fester und blinzele uns in meine Wabe. Gespannt betrachte ich mein gläsernes Gefäß, in dem allerdings keine Wunschblase mehr zu sehen ist. Flo sieht seinen Wunsch also als erfüllt an, was mich sehr freut.

»Ist das dein Zimmer?«, fragt Frank und hält immer noch meine Hand, während er sich neugierig in meiner Wabe umsieht.

»Ja, ziemlich karg.«

»Naja, ziemlich weiß würde ich sagen. Aber das habe ich mir bei meinem letzten Besuch schon gedacht.«

Wir tragen beide wieder die weiße Wabenkleidung und mein Frank gefällt mir sehr gut darin.

»Frank, egal was passiert, wir werden uns nicht loslassen«, teile ich ihm mit, da betritt bereits der Oberdschinn ungefragt mein Zuhause und ich drücke Franks Hand ganz fest.

»Carolyn und Frank Bach«, seufzt er und sieht tatsächlich etwas verzweifelt aus.

Ich nehme all meinen Mut zusammen, was ich auch brauche, da der Oberdschinn für mich wirklich eine starke Respektsperson ist, und nicht nur für mich. Sogar Jesus legt viel Wert auf seine Meinung, obwohl er in der Hierarchie eindeutig über ihm steht.

Deshalb schnaufe ich tief und mache eine kleine Verbeugung. Dann drücke ich Franks Hand und er verbeugt sich auch leicht. Das scheint dem Dschinn schon einmal zu gefallen, weil er anfängt, seinen Bart zu streicheln.

»Dschinn, ich bin hier, weil ich mit Frank zusammen sein möchte«, hauche ich leise und der Dschinn hält sofort inne.

»Wie stellen Sie sich das vor? So etwas hat es noch nie gegeben!«, poltert er los.

Ich zucke mit den Schultern. »Ich weiß nur, dass ich mit Frank zusammenbleiben will. Deshalb werde ich meine Arbeit hier beenden und bei Frank und Ben bleiben.«

Der Dschinn blinzelt und als im nächsten Moment Jesus mein Appartement betritt, wird mir klar, dass er ihn gerufen hat. Ich klammere mich noch fester an

Frank und wiederhole mein Anliegen: »Wir lieben uns und ich kann nicht länger so tun, als ob ich es aushalten würde, ohne Frank weiterzumachen, als wäre ich ihm nie begegnet.«

Jesus sieht uns aufmunternd an, aber der Dschinn äußert seine Bedenken. Wenigstens klingt er nicht mehr ganz so hart, wie ich es von ihm gewöhnt bin. Fast habe ich den Eindruck, dass er mich und meine ehrlichen Worte respektiert. Außerdem duzt er mich plötzlich, als er ehrlich besorgt meint: »Du kannst nicht zu ihm nach unten. Du hast keinen Auftrag, keinen Wunsch. Es wird nicht funktionieren.«

Verunsichert begreife ich, dass er sich anscheinend tatsächlich über meine Situation Gedanken macht.

Da sagt Frank: »Dann musst du eben einen Wunsch annehmen.«

»Frank, dann kann ich nicht bei dir sein, weil ich den Auftrag bearbeiten muss. Habe ich ihn erfüllt, muss ich wieder nach oben und kann erst wieder kommen, wenn ich den nächsten Auftrag annehme.«

Frank fragt weiter: »Wie kommst du an den Auftrag?«

»Ich ziehe eine Wunschblase … das läuft nach dem Zufallsprinzip.«

»Die Blase sucht sich den Dschinn aus«, sagt der Dschinn streng.

Ich lächle und hauche: »Ja, die Blase sucht sich den Dschinn aus.«

»Dann zieh eine Blase, Carolyn. Das alles hier kann kein Zufall sein. Du wirst die richtige Blase erwischen«, raunt Frank mir zu und kommt mir ganz nahe, weil er mein Hadern spürt. Er flüstert ganz leise in mein Ohr: »Ich weiß, wovon ich rede. Lass es uns versuchen.«

»Carolyn, wenn du einen neuen Auftrag annimmst, dann erwarte ich, dass du ihn erfüllst«, fordert der Dschinn und Jesus gibt uns mit einem Nicken zu verstehen, dass er mit unserem Plan einverstanden ist.

Wir gehen gemeinsam in die große Halle. Jesus und der Dschinn bleiben auf der Galerie stehen und beobachten, wie ich Frank hinter mir die Stufen in die Halle hinunterziehe. Es sind einige Tische frei, aber ich zögere. Obwohl die Dschinns konzentriert arbeiten, fühlen Frank und ich uns vielen verstohlenen Blicken ausgesetzt. Natürlich, wir halten Händchen! So etwas hat es hier noch nie gegeben.

»Da sind jede Menge Tische frei«, raunt mir Frank ins Ohr und ich flüstere zurück: »Ich will aber einen ganz bestimmten Tisch.«

Nach ein paar Minuten löst sich der Dschinn an dem Tisch, den ich ins Auge gefasst habe, auf und ich gehe ganz langsam mit Frank darauf zu. Wir müssen kurz warten, bis die Wunschblase in die Wabe des Dschinns transportiert wurde. Dann ist der Tisch zur erneuten Benutzung freigegeben.

Ich setze mich und halte immer noch Franks Hand, während ich einhändig den Tisch bediene. Frank hilft mir beim Einsetzen der Ohrstöpsel und ich werfe ihm noch einmal einen Blick zu, bevor ich den Bildschirm zur Anforderung einer neuen Blase berühre. Frank nickt mir zu und ich fordere einen Wunsch an.

Nach einer gefühlten Ewigkeit schwebt eine mittelgroße Blase, die wunderbar bunt leuchtet, auf mich zu. Ich berühre sie kurz mit meiner freien Hand und Frank tut es mir gleich. Dann versenke ich die Blase in der Mulde des Tisches. Es gibt jetzt kein Zurück mehr. Mit geschlossenen Augen drücke ich den Knopf, der mir die Informationen vermittelt, und bin irritiert, weil Frank etwas zu mir sagt. Ich öffne die Augen und sehe ihn an. Da verstehe ich, dass ich seine Stimme über den Kopfhörer wahrnehme, weil der richtige Frank, der neben mir sitzt, seine Lippen nicht bewegt. Das bedeutet, dass mich seine Wunschblase gefunden hat!

Ich lächle und nicke ihm zu, weil ich seinen Wunsch höre. Er hat sich gewünscht, dass er sein ganzes Leben mit mir verbringen kann und es ist nun mein Auftrag, diesen Wunsch zu erfüllen. Nichts lieber als das!

Mein Lächeln wird immer breiter, als ich Frank auf dem kleinen Bildschirm sehe, wie er auf seinem Sofa sitzt und unser Weihnachtsfoto anstarrt.

Der echte Frank umschlingt mich von hinten und küsst mich auf die Wange, während ich mir die Ohrstöpsel aus den Ohren ziehe.

Ein Raunen geht durch den Raum und der Oberdschinn sagt laut: »Ich erwarte regelmäßig deinen Bericht.«

Überrascht sehe ich zu ihm und es haut mich fast vom Stuhl, weil er lächelt. Jesus grinst und hebt zum Abschied die Hand zum Gruß. Ich stehe auf und umarme Frank ganz fest.

Dann blinzele ich uns nach unten auf die Erde in seine Wohnung. Im selben Moment sperrt Ben mit seinem Schlüssel die Haustüre auf und sieht Frank und mich eng umschlungen vor sich stehen. Wir fallen uns alle in die Arme und sind einfach nur glücklich.

ENDE

Danksagung

Der erste Dank an dieser Stelle gebührt natürlich dir, liebe(r) Leser/in. Ich freue mich riesig, dass du das Buch gelesen hast. Auf eine Rückmeldung deinerseits bin ich gespannt.

»Danke« an die liebe Carina. Wieder einmal musstest du als Probeleserin herhalten. Deine Meinung ist mir wichtig und ich hoffe, du stehst auch zukünftig noch zur Verfügung.

Wieder einmal hat es Jürgen geschafft, ein absolut traumhaftes Cover zu designen. Du brauchst nicht immer so bescheiden zu sein. Deine Arbeit ist in meinen Augen perfekt.

Besonderer Dank geht auch an meine Lektorin Claudia, die es mit unglaublicher Geschwindigkeit geschafft hat, mein Buchprojekt voranzubringen. Hatte da ein gewisser Dschinn seine Finger im Spiel?

Weil der Haushalt sich bei mir zuhause natürlich nicht mit einem Blinzeln macht, danke ich meinem Mann und meinen Kindern, die inzwischen gut gelernt haben, mit der schreibenden Frau im Haus umzugehen. Ohne euch könnte ich das nicht machen!

Mit Begeisterung bedanke ich mich bei Bernd Gronbach vom Hotel Bavaria in München, der nichts dagegen hat, wenn dort ein Dschinn übernachtet.

Bevor ich vor lauter Aufregung ein Herpes bekomme, belasse ich es an dieser Stelle mit dem »Danke sagen« und freue mich über Rezensionen, Anmerkungen, Anregungen oder einfach über einen kleinen Plausch. Gerne auch per E-Mail oder durch einen Besuch auf meiner Webseite/Facebook-Seite. Ich hab auch nichts dagegen, wenn alle Leserinnen und Leser das Buch an ihre Freunde und Bekannte weiterempfehlen. ☺

Mit fröhlichen Grüßen
Pea Jung

Bist du bereit für mehr?
Hier findest du mich und meine Werke:

info@peajung.de
www.peajung.de
www.facebook.com/PeaJungAutor
www.youtube.com/PeaJungAutor

Übersinnlich verliebt

Pea Jung
CLARA (Band I)
Die geheime Gabe
448 Seiten
Taschenbuch/eBook
ISBN: 978-3-7386-0311-8

Pea Jung
CLARA (Band II)
Die Rückkehr
452 Seiten
Taschenbuch/eBook
ISBN: 978-3-7347-5724-2

Bist du bereit?
Bereit für ein Geheimnis, das du
mit niemandem teilen darfst?
Öffne das Buch, begleite Clara auf ihrer
turbulenten Abenteuerreise in
ein neues L(i)eben, und du findest dich
auf der Liste der Eingeweihten.
Welches Pfand würdest du für
dein Schweigen in die Waagschale werfen?

Warnung! Dieses Produkt macht abhängig und kann nicht mehr abgesetzt werden!
Zu Risiken und Nebenwirkungen lesen Sie alle Bände der Serie oder fragen Sie
die Autorin Ihres Vertrauens.

Daydreams
into stories

Übersinnlich verliebt

Pea Jung
CLARA (Band III)
Finstere Vergangenheit
436 Seiten
Taschenbuch/eBook
ISBN: 978-3-7386-3490-7

Pea Jung
CLARA (Band IV)
Sturm auf Zeit
ca. 400 Seiten
Taschenbuch/eBook
erscheint 2016

Clara erscheint als Taschenbuch/
eBook und wird 4 Bände umfassen.
Clara ist ein echter Hingucker –
auch im heimischen Bücherregal!

Daydreams into stories

Liebe & Erotik

Pea Jung
Die falsche Hostess
194 Seiten
Taschenbuch/eBook
ISBN: 978-3-7357-4200-1

Pea Jung
Die echte Hostess
228 Seiten
Taschenbuch/eBook
ISBN: 978-3-7347-7668-7

Raffaela darf ihre Nachbarin in deren Job als Hostess vertreten und lernt dabei den smarten Rick kennen. Zwischen den beiden sprühen sofort leidenschaftliche Funken, die sich in Form eines One-Night-Stands entladen. Kein Problem? Weit gefehlt. Schließlich war Raffaela offiziell als ihre Nachbarin unterwegs, was zu Verwicklungen führt. Und sie sieht Rick schneller wieder als erwartet.

Was passiert, wenn eine Hostess von akuter Midlife-Crisis befallen wird? Ein Problem? Nicht für Doris. Die sucht sich nämlich einfach eine neue Herausforderung, mit der sie sich von der eingebildeten Krise ablenken will. Für Doris ist das die Teilnahme an einem Pole-Dance-Kurs. Schon bald stellt sich allerdings heraus, dass ihr in ihrem Leben nicht nur der Kick des Unbekannten fehlt...

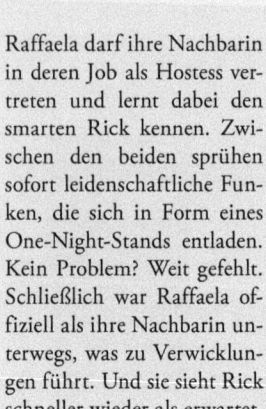

Liebe & Erotik

Pea Jung
Die Putzstelle
248 Seiten
Taschenbuch/eBook
ISBN: 978-3-7357-3940-7

Es geht nicht um den Dreck

Die Kellnerin Josefine kehrt unter einem Tisch ein paar
Scherben zusammen. Eine ganz gewöhnliche Tätigkeit für
eine Kellnerin? Weit gefehlt. Schließlich starrt ihr dabei
spontan ein mysteriöser Unbekannter auf den Hintern und
bezahlt sie auch noch dafür. Schon nach kurzer Zeit flattert
ein unerwartetes Jobangebot ins Haus...

Daydreams into stories

Bolz und Vorurteil

Pea Jung
Superheld fürs Leben gesucht
212 Seiten
Taschenbuch/eBook
ISBN: 978-3-7347-6000-6

Eine Frau mit einer unvergesslichen Stimme, ein Russe mit dem gewissen Extra und ein bayrisches Dorf außer Rand und Band

Was passiert, wenn dein 11-jähriger Sohn Jonas einen wildfremden Russen in dein Haus einlädt? Und was passiert, wenn der diese Einladung auch noch annimmt? Die junge Mutter Jennifer traut ihren Augen kaum, als der bärtige Russe plötzlich in ihrem Garten steht. So ein Kerl hatte ihr gerade noch gefehlt. Schließlich hat sie als alleinerziehende, berufstätige Mutter und Trainerin der örtlichen Fußball-Jugend mehr als genug zu tun. Aber Jennifer merkt schnell, dass sie es mit ihrer abweisenden, burschikosen Art nicht schafft, den Russen auf Distanz zu halten.

Daydreams into stories

Für die Kleinen

Pea Jung
Wendelin und das Blatt
14 Seiten
Apple iBook
ISBN: 978-3-7347-9606-7

Ein interaktives Buch für Kinder mit Animationen, Malspiel und Quiz

Erlebe ein einzigartiges Abenteuer mit Grashüpfer Wendelin!

Berührt man den Bildschirm erwacht Wendelin für kurze Zeit zum Leben.

Ideal für Kinder von 2 – 8 Jahren.

Ausgezeichnet von der Fach-Jury der BoD E-Challenge

Dieses Buch ist mit iBooks auf Ihrem Mac oder iOS-Gerät und auf Ihrem Computer mit iTunes zum Download verfügbar.